見えない世界と繫がる

我が天人感応

三浦清宏

未來社

見えない世界と繋がる——我が天人感応　目次

第一話　三島さん、安らかに——英国での出会い　8

第二話　続・三島さん、安らかに——日本での再会　46

装幀――伊勢功治

見えない世界と繋がる——我が天人感応

第一話　三島さん、安らかに——英国での出会い

一、まえがき

この本を三島由紀夫のことから始めるのは、彼のことがいちばん気になっているからである。私は今、八十三歳、間もなく八十四になろうとしている。老い先短い身なので、死ぬまでにどうしても言っておきたいことがある。しかもそれは三島さん（親しげに呼ぶのを許していただきたい。その理由はこのあとを読んでいただければわかると思う）自身が望んでいることだと私は思っている。私の思い込みでなければ、私は彼にそれを約束したとさえ思っている。

読者をじらすようなまわりくどい言い方をせずに、それが何であるか端的に言うのは易しいが、あまりにも常識からかけ離れたことなので、そう簡単には受け付けてもらえないだろう。まず彼との出会いから順を追って話すことにする。

「出会い」といっても私は三島さんに生前お会いしたことはない。彼は私より五歳年長だが、

私が海外での留学と放浪の生活から帰国して小説らしいものを書き始めた頃には、既に最後の著作である『豊饒の海』四部作を出版し、最終巻の発刊を見ずに市ヶ谷の自衛隊駐屯地で劇的にその生涯を終えた。私が彼に出遭ったのは、それから二十四年後の平成六（一九九四）年九月、私が六十四歳のときのことである。もし三島さんが生きていたとしたら六十九歳のことだ（死んでから歳は取らないというからこの年齢にまったく意味はないが）。出遭った場所は英国の南海岸にあるサセックス州のホーヴ（HOVE）という小さな町だ。

私はこの出会いを日本心霊科学協会で話したことがあり、その記録は『幽霊にさわられて』という題で平成九（一九九七）年に出版した同名のエッセイ集に採録されている。その前年の平成八（一九九六）年には英国の心霊団体「ノアの方舟協会」の機関誌に「RETURN OF MISHIMA」と題して寄稿し、さらにそれを小説化して平成十三年に、外国語教師仲間の同人誌である『文学空間』に発表している。それらはみな一般読者の目に付きにくい場所での発言であり記録なので、読まれた方はほとんどいないと思うが、いちおうお断りしておく。それにもかかわらず今回改めて書こうと思った理由は、その後さらに重要なことが起こったからである。

それでは順を追って話そう。

二、ＩＳＦ会議に出席

平成六（一九九四）年九月の末ごろ、私は英国南部のリゾート地ワイト島で一週間にわたって行われたＩＳＦ（International Spiritualist Federation、国際スピリチュアリスト連盟）の大会に、日本心霊科学協会代表として協会所属の霊能者、小池清さんと一緒に出席していた。ＩＳＦは一九二三年にベルギーのリエージュで結成されたスピリチュアリストの団体で、最大の目的はスピリチュアリストの国際会議を開くことにある。初めの頃は三年に一度開いていたが、第二次大戦後しばらくしてから二年に一度になった。一九二五年、二回目のパリでの会議の時に、例のシャーロック・ホームズの探偵小説で有名なコナン・ドイルが会長に就任している。三回目のロンドン大会の時には福来友吉と浅野和三郎が日本人として初めて出席した。福来は念写で有名な学者で、この時初めて海外で念写を発表した。浅野は日本におけるスピリチュアリズム運動の先覚者で、日本心霊科学協会の創始者でもあり、浅野の先蹤に習って日本心霊科学協会（以下「心霊協会」または単に「協会」と呼ぶ）は毎回ＩＳＦの国際会議に代表を派遣していたのである。

「会議（CONGRESS）」といっても、議事を討議するのは最後の一日だけで、後の六日ほどはいろいろな行事や余興を通じて会員同士の親睦を図るのが主な仕事である。心霊写真についての講演とか、瞑想法の実習だとか、テーブル・ターニング（数人がテーブルの上に手を置くとテーブルが動き出す）の実演だとか、霊からのメッセージを伝える「クレアヴォイアンス（透視、千里眼）」や霊を見て絵を描く「心霊アート」の実技公開など、いろいろなプログラムがある。私も瞑想の指導を受けたときに、日本の坐禅の方法とは違うと話したら、ぜひ坐禅の方法を教えてくれと言われて、三、四十人ほどの人を前に、坐ってみせたことがある。私のようなアマチュア修行者の話を、年輩の男女が真剣な面持ちで聞いてくれたのは、ありがたいようなくすぐったいような経験だった。

会議に出席するほかに、私にはもう一つの目的があった。二年後の一九九六年に心霊協会が創立五十周年を迎えるので、記念行事の一つとして海外からしかるべき人に来てもらって祝辞をもらい、講演をしてもらう、また、もし誰か優れた霊能者がいたら、呼んで実演をしてもらおうというのであった。

まず白羽の矢を立てたのが、長年その傘下にあって代表を送っていたＩＳＦの会長で、私が話をしたらあっさり引き受けてくれた（この時の会長はライオネル・オーエンという元銀行マンで、なかなか腕のいい霊能者でもあり、来日して祝辞と講演をしてくれたばかりでなく、北陸と関西の支部にも廻って「直接談話（霊が霊媒を通じて直接話す）」の実技を披露してくれた。ぼくは通訳と案内役を兼ねて一緒に廻って歩いた。協会は彼に純金で作ったカードを贈ったが、彼の帰国後、英国では、「オーエンは日本に行って金塊をもらった」という噂が立ったそうだ。一人で日本に来たのが災いとなったのか、その後、彼は奥さんに去られ、やがてブラジルの寡婦と再婚したが、間もなく別れ、今は南アフリカで十八歳の女と三度目の結婚生活を送っている。八十歳である)。

もう一つの目的である霊能者の招待は、ぼくが言い出したことだったが、誰を呼ぶか目算があったわけではない。英国へ行ったら誰か見つかるかもしれないというつもりで行ったところ、偶然食事のときに隣に坐ったヒューズ夫人という中年の婦人から、すばらしい霊能者がいるという話を聞いた（このときの英国旅行ではすべてうまく話が運んだ。こういうときにスピリチュアリストたちは「背後霊が助けてくれた」とよく言うが、ちょうどそんな感じだった。どの背後霊が助けてくれたのか、心当たりが無いこともないが、それは後で話すことにして、今は先を急ごう）。

ヒューズ夫人の言う霊能者というのはコリン・フライという若い男で、「ノアの方舟協会」という心霊団体に属し「ミスター・リンカーン」という芸名（英国では霊能者は一種の芸人である）の下に、最近めきめき頭角を現してきた。霊の物質化（マテリアリゼーション）が出来、暗闇の中で子供の霊が走り回って悪戯をするので人気があるのよと、その光景を目の前にしているかのように夫人は楽しそうに話してくれた。

それが本当ならすばらしいことだとぼくは思った。「マテリアリゼーション」というのは、霊能者が「エクトプラズム」と呼ばれる、普通の人間には見えないガスのような物質を使って霊を出現させると言われる心霊現象で、十九世紀の中頃にはかなりな人数の霊能者が行って有名になったが、二十世紀になってからは滅多に見かけなくなり、スピリチュアリストたちの疑問と嘆きの的になっているものなのである。

ヒューズ夫人は、「ノアの方舟協会」の「パブリシティ（広報）」担当の役員の名「ジョージ・クランレイ」と彼の電話番号とを教えてくれた。「気むずかしい人で、気に入らないと相手にしてくれないから、そのつもりで」と言われた。さっそく電話をかけると、うまい具合に繋がって話すことが出来た。「気むずかしい」というほどのことはなく、日本に来てくれる霊能者を探していると言うと、いっぺん見に来てくれと好意的で、次回に行われるホーム・サークル（セアンス：降霊会）の日取りを教えてくれた。

ホーム・サークルが行われる日は電話をかけた日の二日後で、まだＩＳＦ会議に出席中だったが、そんなことは言っていられない。それにその場所は、そのときぼくらがいたワイト島のシャンクリンからほど近い英国南岸の町ホーヴだった。ぼくらの短い英国滞在期間から言えば、最初から計画してもこうはならなかったほどの、背後霊の仕業だと思ってもいいくらいの幸運だった。

三、ホーヴの降霊会（ホーム・サークル）

約束の日に私と同伴の霊能者の小池さんは、昼食後にホテルを抜け出して港へ行き、連絡船で対岸の英国本土に渡り、電車に乗り換えてホーヴの町へ入った。まず予約しておいたホテルにチェックインし、ホーム・サークルが始まるのは午後七時半からなので、近所のパブで腹ごしらえをしてから、七時少し前にジョン・オースティン氏の家を訪れた。ホーヴという町は、夏の避暑地として有名なブライトンの隣の町だが、高級遊楽地の華やかさも賑やかさもなく、年金生活者の住居らしい慎ましげな家並みの続く閑静な町で、オースティン氏の家もその中の一つだった。

この夜オースティン氏の家に集まったのはぼくら日本人二人を入れて十一名の男女。半袖シャツやトレーナーやカーディガンなど、季節感も種類もばらばらの普段着を着た隣近所の人たちの集まりという感じで、今夜の立て役者である霊能者のコリン・フライだけがネクタイを締めていた。彼は二十代後半か三十代初めの、笑顔の初々しい青年で、ついこのあいだまではカーペット販売店の店員だったという。ある日の夕方この家にカーペットを敷きに来たところ、ちょうど降霊会を始めようとしていて、よかったら見て行けと言われ、仲間に加わった。すると彼自身が入神状態になり、不思議なことを喋ったり、奇怪な現象を起こしたりした。そこで皆は彼を仲間に入れ、定期的に降霊会を行って、今日に至ったということだった。こういう具合に霊能のある者を中心に仲間の家に集まって定期的に降霊会を開くグループを「ホーム・サークル」と言い、英国の心霊活動の基本単位になっている。霊能者はこうやって育成される。霊能があるというだけでは本格的な霊能者とは言えないのだ。

ついでだから降霊会が行われた場所のことも書いておこう。奥まった十二畳ほどの客間で、庭に面している角の両側の窓をベニヤ板で塞ぎ、テープで目張りして、外からの光が入らないようにしてある（主人のオースティン氏は、案内した我々に、これらのことを真っ先に説明してくれた。その他の設備もそうだが、ホーム・サークルの主催者としていかに細心の注意を払い、真剣に取り組んでいるかがわかる。会費は五ポンド〔千円足らず〕だったが、こういう準備や霊能者への手当などを考えると安すぎるぐらいだ）。窓はさらにビロードの厚いカーテンで覆われ、その前に、霊能者が坐る立派に装具された木の椅子が置いてあった。そして三角のコーナーを利用して両側の壁に渡されたレールから黒い幕が下がり、椅子を隠すようになっていた。つまりこの黒い幕で隠された三角のコーナーが霊能者を保護するキャビネットの役を果たすのである（どうしてカーテンで霊能者を隠すのかという私の質問に対して、オースティン氏は、霊能者の体から出るといわれるエクトプラズムが客間へ流れ出さないようにするためだと答えた）。カーテンのこちら側の天井には長方形の箱が吊り下がっていて、説明によると、赤外線写真機が内蔵されている、降霊現象は暗闇の中で行われるが、霊の許可があればいつでも写真が撮れるようになっているという。ただし、いままでそういう許可が出たことは無かったらしい。またキャビネットのそばの棚の上にテープレコーダーが設置してあって、「霊たち」の声を録音することが出来る。その横には支柱の上にカメラが載っていて、テープレコーダーともども、この家の主人のオースティン氏が操作出来るようになっている。部屋の改造をはじめとしてこれだけ揃えるのは相当なマニアだと言えよう。さらに四角い台の上には板に貼り付けた画用紙が伏せて置いてあり、その上に黒のサインペンが載っている。これはなにかの拍子に霊が興味をもつと、文字や絵を描くのだという。簡単にインチキが出来ないように画用紙は伏せてある。反対側の床の上には水を入れたコップと塩を入れた小さい皿が置いてある。日本で神事を行うときに使うのと似ているが、ここでは霊が実際に喉が渇いたら、飲んだり舐めたりするためだという。霊というより、霊能者なのだろうが、縛られている霊能者がどうやって飲んだり舐めたりするのかはわからない。ひょっとすると霊が持っていってやるのかもしれない。なにしろ心霊現象というのは霊能者にとっては肉体的にもたいへんハードな仕事らしく、降霊会の始まる前にコリン・フライはキッチンのテーブルの上で大皿に盛られたサンドイッチを盛んに食べて腹ごしらえをしていた。

降霊会の最初の行事は霊能者を椅子に縛り付けて動かなくすることである。真っ暗闇の中で行うので、椅子から立ち上がってインチキなどが出来ないようにするためである。それを指揮したのは私が電話で話した広報担当役のジョージ・クランレイで、私は彼に呼ばれてコリンの手と脚を革のストラップで締め、鍵を掛けるように言われた。不正の行われる余地の無いのを確認させるためである。ただしあまりきつく締めすぎないようにと言われた。中には思い切り締めて霊能者に怪我をさせる者もいるとのこと。ジョージはしきりにエクトプラズムを傷つけることを心配していて、会の最中霊がそばに来ても手を握ったりしないように（霊はエクトプラズムによって作られているから）とか、終わって明るくなった時に霊能者を大声で呼ばないように（心臓が弱っているから）とかといった注意を受けた。最後にコリン・フライの両膝に螢光塗料を塗った板が張り付けられた。降霊会の最後にキャビネットのカーテンが開き、コリンが椅子ごと空中を浮遊して出て来ることがあるので、それを確認するためだとのことだ。

明かりが消されると十人の参会者たちは手を握り合い、一緒に次々と歌を歌う。どれも英国の民謡や俗謡で、明るく陽気なものが多く、死者を待つ深刻さなどなく、期待感で浮き浮きさえしている（歌を歌うのは参会者のエネルギーを高め霊能者に力を与えるためだそうである）。一曲歌い終わっても暗闇がシーンとしているとまた歌い出す。二、三分経ったころ、少し前の床のあたりからうめき声のようなものが聞こえてきた。地面の割れ目から何かが出て来ようとしている感じだ。そのうちそれは年を取った男の低い声に変わった。

「数人の者がなんとか出ようとしているが（Some forms attempted to……）」と聞こえ、なかなか出にくい状況を説明しているようだ。

「わかりました。もう少し続けよう」

ジョージらしい声が聞こえ、また歌になる。そのうち歌声に交じってやや高い細い声がとぎれとぎれに続く。周囲が歌をやめると、一人の女の高い声が綿々とした調子で歌い出す。さっきの老人の声とは明らかに異なる。老人が「出たがっている」と言った霊の一人なのだろう。陰々滅々、甚だしく調子はずれで、何の歌かわからないが、周りの人間たちは心得ているとみえて、一緒に歌い始める。歌うのを助けているらしい。驚くのは女の声の強さと声量で、闇の中に響き渡り、家の外を通りかかった人にも聞こえそうだ。歌は次第にはっきりしてきて「虹の彼方に」であることがわかってきたが、二節目に入ってから歌詞がわからなくなったのか、歌うエネルギーがなくなってきたのか、周囲の者の笑い声の中に消えていってしまった。するとこれをそばで見ていたかのように、先ほどの老人の笑い声が聞こえてきた（この歌を歌った女性については後の章でまたお話しする）。

四、フェリックスの出現

老人はなにか冗談を言ったらしく、楽しそうな笑い声が起こった。老人は二、三の男女と会話を交わし、彼等の身の上のことで一人一人短い助言を与え、「そのことは間もなく終わるだろう」と言い、相手から感謝の言葉を受けた後、「たいへんお手数だが今夜の客人たちに紹介していただけないかな」とジョージ・クランレイに向かって言った。ジョージは、

「ぼくにはこの人の名前を正確に言うことが出来ないので、自己紹介をしてもらうことにします」

と言って、私に名前を言うようにうながした。

私が驚いたのは老人が直接私に名前を訊かずに、まずジョージに訊いたことである。面識のない人間に直接言葉を掛けるのは失礼なことだというのは、古風な礼儀である。アメリカに長くいた私にとっては、見ず知らずの人間に直接言葉を掛けることには何のこだわりもない。「エックスキュース・ミー」とさえ言えばすむことだ。

もう一つ気が付いたことは、彼の使う英語が非常に丁寧で、古い本にでも出ているような格調をもっていることだった。関係代名詞やその他の関係詞を省略したりせず、現代口語風ではない。なにか人に頼む時には最高の丁寧語を使う。「Would you be so kind as to」とか「You are too kind」などという言い方は数年前にアメリカで、英国から帰化した中年の婦人から聞いたことがあるだけだった。この家に集まった、コクニー訛りの英語を使う庶民的なグループの中にこういう格調の高い英語を使う者はいない。この老人はフェリックスと呼ばれ、十九世紀のヴィクトリア時代に生きていた医者だったという。確かに彼の英語はヴィクトリア朝の知識人の言葉らしく聞こえる。

フェリックスはこの後次々と現れる霊たちの代表者、スポークスマンであり、こうやって地上に出現する霊たちはグループを形成していて、その代表者（フェリックス）の指揮に従って出たり入ったりするのだ。しかし代表者がグループの最高の指導者というわけではなく、さらにその背後にもっと位の高い指導者がいるらしい。ジョージ・クランレイの話では、この霊団の名前を「ダイアモンド・グループ」と言い、最高指導者は、彼にもよく判らないらしいが、「ホワイト・フェザー」とか「シルバー・クラウド」とかいう名の古代ネイティヴ・アメリカンだと言う。もっともこの名も一種のニックネームのようなものらしく、古代の賢人の誰かということらしい。

「お目にかかって名誉に思います」

と私も最大限の敬意を籠めて丁寧に言った。

「ありがとう。でも『名誉に思う』ことなどありませんよ。あなたは人間であると同時にスピリットです。私も人間であり、またスピリットでもあります。同じ者同士です」

彼の落ち着いた、もの柔らかな言い方からは、五十代後半から六十代にかけての経験豊かな人間の理解と愛情とが感じられた。

それから彼はなにか今の人間の状況について語り始めたらしく、私は途中で相づちを打ったが、ほとんど理解出来なかった。

「私の言うことがおわかりですか」

とフェリックスは訊いた。

私は今、この文章を当時録音したテープを聴きながら書いている（ホーム・サークルではみな録音するようだ）。十六年も前に聞いたことはほとんど忘れてしまっていて、今聴いても、なんで相づちを打ったのかさえわからなくなっている。とにかく勇を鼓して続けることにする。

フェリックスはもう一度やや大きめなゆっくりした声で、過去に間違っていると思われた多くの者たちが、時が経つにつれて正しかったことがわかってくることがある。日本のようないままで精神性の高かった国が、（間違えを正すという）困難な仕事をしなければならないことはたいへん残念なことだ、というようなことを言った。

「わかったですか」

とジョージ・クランレイの声がしたので、

「はい」

と私は言い、

「日本にはまだまだ愚かな人間たちがたくさんいるので……」

と言うと、みんなが笑い出した。たぶん私がとんちんかんな返答をしたからだろう。

「我々はすべて賢明さと愚かしさの混じった存在だが、愚かしさを避けて賢明さに生きるようにすれば、正しい方向に進むことが出来る」

フェリックスはそう取りなしてから、

「我が友よ。そのうちあなたの国の科学者たちが、今よりももっと物質界の彼方の生活に関心をもつような時代が来ますよ。我々の助力によって、以前彼等が行った調査研究の結果とは違った仕事をするようになるでしょう。そういう時代が来ます。我が友よ。あなたたちの社会の立派な人物たちは、いつも物質的現実とは違った立場を取ってきている。時が熟したら我々も呼ばれて、彼等の研究を助けることになるでしょう。だからあなたもこれからは、科学的な考えをもっている人に対しては、細心な注意を払って接するようにしてください」

フェリックスはちょっと口をつぐみ、

「わかるように話しているだろうか」

と周囲に訊く。

「もちろんですよ」

ジョージが感じ入ったように言う。

私も何か言わなければと思い、

「確かにたくさんの間違った考えの人々がいます。我々は自分というものをいつも信用しすぎているんです。世界中がそうです。しかし私の国にも立派な霊たちがいて、私たちを助けてくれています」

「霊に国境はないのですよ。あなたの言うような間違った霊たちは人類全体を覆っています。肉体を持つときにだけ国境が生じるのです。だがひとたび、より高い霊的社会の家に住むようになると、霊的進歩が以前の慣れ親しんだ状態を突き崩し、終息させるのです」

「わかりましたか」

ジョージが私に訊いた。フェリックスの言葉は荘重とでも言ったらいいほどの威厳を持ち、普段あまり聞かない単語や表現が出てくる。

「ええ、まあ。State of familiality（慣れ親しんだ状態）という意味がわかりませんでしたが」

実のところ、全体がほとんど曖昧模糊としていた。

フェリックスは早口に、自分の言葉が古くてわからなくなっているのだろうかというようなことを呟くように言ったが、

「そんなことはありませんよ」

とジョージに強く言われると、

「それは物質的状態を指すのです」

と続けた。

「あなたが『死』という、地上から移動して霊の世界に入る体験をするとき、『物質的状態』もあなたと一緒に移動するのです。しかも、あなたが地上で慣れ親しんだ事柄は、前よりも拡大され、強力になります。地上であり得る以上に強い力をもってあなたに迫ることがわかるでしょう。だがひとたび、それらが必要なものではないということがわかったとき、それらを必要だと思ったり、欲しがったりすることから遠ざかるのです。そうすることによって初めて霊

的な進歩が始まります」

フェリックスは一息入れた。これで一段落ついたと思ったのだろう、

「何か聞きたいことがあったら、訊いてください」

と言った。

「よろしいんですか」

「もちろん」

と言われたものの、とっさに何を訊いたらいいのか思い浮かばない。少し口ごもった後で、やっと言った。

「私は仏教徒ですが、仏教を通じてもスピリチュアリズムの真理を求めることが出来ますか」

私はそれより十五年前に曹洞宗の寺で得度を受け「千峰道栄」という法名をもらっていた。

「我が友よ。心配することはありません。仏教もキリスト教もすべては真理の表現であり真理への道です。もしあなたが自分の宗教のもっとも高い教義を把握するならば、また、人に優しく、心正しく、開かれた心をもつように努力し、自分の行いを見守っていくことが出来るならば、あなたはどんな教えを実践してもいいのです。そうすることによって、最高の指針の下に、あなたは霊的な真理を理解するようになるでしょう」

「私にはまだ知らないことがたくさんあり、この先何年もかかるでしょうが、努力してゆきたいと思います」

「あなたに言いたいが、自分はなんでも知っているわけではなく、これから勉強して知るようになりたい、と言う人は賢明な人間です。これはたしかヒンドゥー教の言葉だと思うが……ヒンドゥー教にはいい言葉があるので私は好きなのだが、こういうんです。『もしそういう連中の一人でも助けてやることが出来るなら、そうしなさい。出来ないとしても、彼等に害を与えるようなことはしてはならない』(間違った考えをもっているものに対しても寛容であれ、という意味か)」

このとき私が利口ぶったコメントをしたらしく、

「こういうことはあなたの方が知っているとは思うが」

とフェリックスが言い、みんなが笑った。

「我が友よ」

フェリックスは元の口調に戻って、

「いままであなたとずっと話してきたが、こちらに居る方はまだ何も言っておられない。せっかくだからこの方にも何か話したいことがあるかどうか訊いていただけないか」

「わかりました」

と私は言い、隣に坐っている小池さんに、

「何か訊きたいことはありませんか」

と日本語で訊くと、小池さんは夢から醒めたように、小さい声で、

「何もありません」

「何も無いそうです。今夜の出来事に圧倒されてしまって質問を考えることが出来ないようです」

と言うと、またどっと笑い声が起こった（後で小池さんから聞いたところでは、彼は眠くてしかたがなかったそうだ。降霊会のときには霊能者ばかりでなく、周囲の参会者たちのエネルギーも吸い取られるので、眠くなるということである）。

「訊きたいことはたくさんあるに違いない。わたしたちがいまここで話したことが、もし彼にとって満足すべきことであるならば、後で話してあげてください。そうすれば我々（霊界の者たち）も満足です」

それからフェリックスは驚くべきことを言った。

「彼の手を取ってあげたいと思うが、それが彼にとって望ましいことかどうか訊いていただきたい」

前にも言ったが、我々は降霊会が始まる前にジョージ・クランレイから、たとえ霊がそばに来ても、触ったり手を握ったりしないようにとの注意を受けていたのである。出現した霊は、霊能者の体から出る「エクトプラズム」という繊細な物質で出来ているからだという。フェリックスは、せっかく極東の国から来た小池さんが一言も発せずにただ坐っているのを、気の毒だと思ったのだろうか。

「手を握ってもいいですかと訊いていますよ」

私が小池さんに言うと、かすかに、

「はい」

の声が聞こえた。

「どうぞお願いします。彼はたいへん喜んでいます」

私が言うと、微かながら「ずさっ。ずさっ」と、歩くたびになにか重めの衣類が床に触れるような音がして、何者かがこちらに近づいてくる気配がした（それは、フェリックスの纏っているエクトプラズムの衣装の音ではなかったかと、私は後で思った）。

「おう、強い人だ」

フェリックスのちょっと驚いた声が闇の中に聞こえた。私はそれを、小池さんがもつ霊能の力の強さのことだろうと思ったが、後で小池さんから聞いたところでは、前に言われていたことを忘れて、思わずフェリックスの手を握ったそうである。その握り方が強かったのかもしれない。

続いて、柔らかい暖かいものが私の肩に触れ、さらに手の甲に触り、指先をそっと握ってから放した。幽霊の手というと冷たく、痩せて骨張っているだろうと思っていたが、暖かい体液の一杯詰まった芋虫か蚕の腹に触ったように柔らかく、中身のぬくもりが伝わってくる。ただし表面はかさぶたに覆われたようにかさかさして、普通の人間の指よりやや大きめである。先ほど握手したコリン・フライのカーペット販売員の武骨な手とは明らかに違っていた。

するると、この家の主人のオースティン氏らしい声が聞こえた。

「フェリックス、ぼくにも触ってくれないか。今ちょっと風邪気味なんでね」

「オールライト。ただし医者に言ってはだめだよ」

フェリックスがそう答えると、満座の人々が笑った（霊の世界はエネルギーの世界だと言われている。だからそれを受けると風邪ぐらいはすぐ治るらしい。小池さんもその晩は風邪気味だったが、後でよくなったと言っていた）。

次にフェリックスは私と小池さんに関係があるという或る「若い女」について語ったが、私の聞き違えか、小池さんはぜんぜん知らないというし、私も覚えがなかった。

だんだんとこの暗闇の神秘劇に慣れて楽しくさえなってきた私は、この千載一遇の好機をもう一度利用させてもらおうと思った。

「もう一つお訊きしてよろしいですか」

と訊くと、フェリックスは「自分の時間の許すかぎりは」と喜んで応じたが、私が、幽霊には出現の時間制限があるのだと気付いて躊躇すると、周りから「遠慮なく訊きなさい」という男女の声が起こった。

それに励まされて口に出したのは、日ごろ疑問に思っていたスピリチュアリズムと文学の関係だった。霊界をあまり意識し過ぎると、人間関係が書けなくなる。夫婦が憎み合っているのは、過去生でお互いに敵だったからだというような話では小説にならない。現世のしがらみを書くのが小説で、その理由（因縁）がわかったからといって、それを書いて万事終わり、というわけにはゆかないのだ。スピリチュアリズムの求めるのは前世、来世にわたる人間の正しい生き方だが、小説は現世のしがらみをこれでもかこれでもかと書くところに醍醐味がある。スピリチュアリストが小説家になるのは相当に難しいのだ。というようなことだが、それをとっさに、理路整然と、しかも外国語で伝えるのは至難の業だった。

ぼくは自分が小説を書いている者であると断ってから、小説家は人間の悪い面を描き出さなければならないが、同時にスピリチュアルでなければならない。この違いをどうバランスしたらよいかと訊ねた。今から思うとかなり舌足らずな質問である。

「よい小説というのは、たとえ人間の悪い、野蛮な面を描いたとしても、最後にはよい人間が勝つようになっている」

フェリックスの答えはやはりぼくの望んでいたものとはずれていた。

「最後に悪い人間が勝つ場合もあります」

とぼくが言うと、一座に笑いが起こった。

五、「ミシマ」氏の出現

その時フェリックスが何か言おうとして、

「もう少しそばに寄ってください。そうすればもっとよく……」

とあたかも誰かがそばに来ているように言うのが聞こえた。すると直ぐに、フェリックスの声で、

「今ここに一人の男（gentleman）が来ている。自分の国の多くの者からは愚かでよくない人間（very stupid and bad man）だと思われたようだが、こちらに来てから、彼の理解はずっと進歩している。あなたが小説を書いているというのを聞いて非常に興味をもったそうだ。というのは彼も生前は小説を書いていたというのです。」

その人物はフェリックスに何か言ったらしく、フェリックスはぼくに向かって、外国語は自分の得意な分野ではないのだが、と言い、さらに

「この人が私に言うところでは……もし発音を間違えたら許してもらいたいが……この人が私に言うところでは……」

とくどいくらい言い直してから、

「彼の名前は、ミスター・ミ・シ・マ」

と一音、一音、はっきり言ったのである。

私は小説的な効果を狙って書いているのではない。前にも言ったように、当時録音したテープを聴いているのだ。フェリックスが慣れない日本語を間違いなく伝えようと、一音一音「ミ・シ・マ」と言っているのがはっきり聞こえるのである。

「おう」

と私は絶句した。

「彼の国の人たちには、なおも非常に悪く（フェリックスは「非常に悪く」を二度繰り返した）思われているようだが……」

「きっと三島由紀夫に違いありません」

ぼくがそう言ったのが唐突だったらしく、笑い声が周りで起こった。フェリックスも笑いかけたが、直ぐにまた元の諄々とした口調に戻った。

「彼はあなたに、自分は以前、多くの点で間違った考えをもっていた、と伝えたいそうです。こちら（霊界）に来てからは、彼はわれわれに助けられ、支えられてきました。事実、かなり進歩したというように聞いている。賢明である部分はそれによってだんだんと成長し、賢明でなかった部分を補うようになってきているということです」

「彼が賢明でなかったこととは何ですか」

私は興味を惹かれて訊いた。フェリックスの話はよくわかるが、具体的ではない。ヴィクトリア朝言語の特徴なのかもしれない。

「何が賢明ではなかったかというと……」

「おおよそのことで結構です」

「訊いてみよう。ちょっと辛抱していてください」

「申し訳ありません」

「賢明でなかったことは……」

霊界では直ぐに話が通じるとみえて、フェリックスはほとんど間髪を入れずに話し始めた。

「それは若い人々に影響を与えたやりかたです。人生の基本的な知恵をまだもたずにいた者たちに対してです。後悔していると言っています。彼は影響力の強い、聞き手の心を奪ってしまう(mesmeric)人物でした」

「その通りです。自殺しました」

「そうだ。知っています」

「I know. I know.」と繰り返し、フェリックスは強い声で言った。

「恐ろしいやり方で刀(knife)を使ったと聞いている」

フェリックスの言葉は熱を帯びてきた。

「いま非常に後悔していると言っている。若者たちを惑わせたことを。相手を説得しようとするならば、力ではだめだ。優しさ（gentleness）でなければいけないということがわかったのです」

ちょっと沈黙があった後で私が言った。

「残念ながら今の日本の若者たちはそれとは違う方向に行きつつあります」

「わかっている。この人も今の一部の若者たちの行為に責任を感じている。自分の書いたもの、今の自分にとっては不本意な思想が、ふたたび人気が出てきているということを知っている。それがいまの後悔の原因になっている。そういうものを書いたことを非常に後悔しているのです」

それからフェリックスとミシマ氏との間に、何かやりとりがあって、

「私が代わって話した方がいい」

というフェリックスの声が聞こえた。ミシマ氏は、これ以上黙ってフェリックスと私のやり取りを聞いていられなくなったようだ。

「彼の考えは変わりました」

フェリックスは力強く言った。

「もう昔のように振る舞うこともありません。我々と交わるようになって、優しいやり方が最善の方法であって、力ずくで相手を説得しようとしても何事も成し遂げられないということを理解するようになったのです」

「非常に国粋主義的なところがありました」

私の頭には日の丸の鉢巻きをして抜刀し、軍服に似たものを着た若者たちを指揮している司令官の姿が浮かんでいた。

「そうだ。そうだ」

フェリックスは我が意を得たりというように何度も言った。

「プライドです。プライドは危険だ。プライドをもつと周りが見えなくなる」

フェリックスは二、三語付け加えたが、わからない。

「彼についてとやかく言うつもりはありませんが……」

私が言いかけると、フェリックスは笑いを含んだ声で、

「我が友よ。彼（ミシマ氏）は、あなたが自分に正直であることを願っていますよ」

周囲から笑いが起こった。

「あまりに自分に自信をもちすぎましたね」

「そうだ。その通り……。ところで、彼はここに来て話すことが出来てよかったと言っている。いままで非常におかしな（strange）経験をしてきました。だが、変わったし、これからも進歩しなければならない。今回、過去の愚かで不名誉な秘密から救われることが出来ると、あなたが伝えた（私との会話によって彼が知った）ことは、いいことでした」

それから少し沈黙があり、

「残念ながらそろそろお別れしなければ」

まだ会話が続くのを期待していた私は少々あわてながら、

「直接霊界と接することが出来て非常に感銘を受けました」

と礼を述べると、

「少しでも役に立ったなら満足です」

とフェリックスは応え、周りの者たちにも別れを告げて消え去った。

彼が「ミシマ」のことを語り始めてから十分ぐらいにもなっていただろうか。さらに私と小池さんとの対話を含めると二十分以上もあった。これは約四十分ほどの彼の出番の半分以上の時間であり、彼がこの霊のグループのスポークスマンとして、いつもは参会者たちの質問に応じて霊界の事情や考え方、地上の生活との違いなどについて語る役目であることを考えると、異例と言っていいくらいの配慮である。しかも彼の後に出てきた子供や老婦人が必ず我々に注意を払い、子供などは絶えず「Ｋｉｙｏ」と私に呼びかけ、いろいろ芸をやってみせたり、お土産に絵を描いてくれたりしたことなど、子供の好奇心ということを考慮したとしても、その晩の降霊会は期せずして我々が中心だったと言える。この二年後にはコリンとジョージは日本に来て降霊会を開くことになるのだから、霊界の方もそれを考慮しての歓待だったかもしれない。

六、慚愧の念

ところで私は、今（平成二十二〔二〇一〇〕年）、当時の録音テープを聞き直してみて、もう十六年も前のことだが、いかにうろ覚えであったかということに驚いている。しかもまだ聞き取れない部分があちこちある。いちばん思い違いをしていたのは「ミシマ」氏についての最後の部分だった。私は彼について「あまりに自分に自信を持ちすぎた（He was too proud of himself）」と言った後で、「ミシマ」氏が急に去ってしまったことに強い自責の念をもったのである。その時フェリックスが言った「彼はここに来て話すことが出来てよかったと言っている。……過去の愚かで不名誉な秘密から救われることが出来ると、あなたが伝えたことは、いいことでした」という言葉を聞き落としていたのである。

私は突然彼が消えたのは、私の言葉が彼を怒らせたからだと思った。私はフェリックスとだけ話をしているつもりになっていて、そばに「ミシマ」氏がいて、二人の会話を聞いているだろうということを完全に忘れていた。さらに私の後悔に油を注いだのは、それ以前の降霊会の経験から、死者を批判したり、恨んだり、バカにしたりするような言葉を言ってはいけない、それでは死者は地上への思いに引かれて霊界を上って行くことが出来なくなる、ということを知っていたからである。後にその言葉が思い出されて、自分の軽率な発言を非常に後悔した。それ以来、私は「ミスター・ミシマ」（おそらくは三島由紀夫）に、気持の上で借りを作ったのである。

その後、私はまた、「ミシマ」氏かもしれない人物に出会うことになる。このホーヴでの降霊会の僅か二日後のことである。その話をする前に、フェリックスが去った後で何が起こったのか、どんなふうにしてこの降霊会が終わったのかを簡単に述べよう。イギリスでの降霊会を知らない読者には興味があるかもしれない。

七、そのほかの出演霊と降霊会の終わり

フェリックスが去った後に出て来たのは、「チャーリー」と呼ばれる子供だった。七、八歳の男の子らしい。子供っぽくひどい訛りのある言葉を話し、直ぐにぼくらに目をつけて話しかけ、私が自分と小池清志さんを紹介すると、

「Two『Kiyo』だね」

と言って皆を笑わせ、自分は昔日本製の皿を使ったことがあるなどと言った。それから床に伏せて置いてあった蛍光塗料を塗った板を持ち上げて闇の中をひらひらさせて見せた後、かなり

長い間、口笛で、さっき聞いた「虹の彼方」やオペラ「蝶々さん」のアリア「ある晴れた日に」を吹いてみせた。最後には、部屋の隅に置いてあった画用紙とクレヨンを使って瞬時に絵を描いて私の膝の上に乗せ、帰りの飛行機で持って帰って日本の人たちに見せてくれと言った。部屋が明るくなってから見ると、光線の放射する太陽に添えて斜めに

「The land of the rising Sun.（太陽の昇る国）」

と書いてあった。

チャーリーが消えると、代わって出てきたのは老婦人らしい人物で、社会的に身分の高い英国婦人によくあるように、文節をはっきりと、語尾を跳ね上げるように発音し、相手に威圧感を与えずにはおかない話し方をした。彼女は参列者一人一人の名前を呼んで一言二言注意を与えた。私には「わざわざ来てくれてありがとう」と言った後、なにか難しいことを言って褒めてくれたが、はっきりわかったのは、最後の「ベリー・ベリー・グッド」だけだった。「あまり知恵を働かすというほどではないが」というように聞こえる言葉もあったので、皮肉を言われたのかもしれない。最後に彼女は聴衆に向かって、「よく理解出来ない人もいるかもしれないが、その人には神の恩寵を」と言って退出したところをみると、まんざらこの推測は間違っていなかったかもしれない。

彼女が去ると、再び皆が歌い出した。「ティッペラリへの道」など数曲を歌ったころ、

「見て、見て」

と女性の声で注意を促すのが聞こえた。

前方の闇の中に青白く光る小さいものが見え、割合ゆっくりとしたスピードで空中をこちらに向かって来る。一瞬見えなくなったと思うと、突然、部屋の真ん中あたりで、何かが床に落ちる大きな音がした。歌声が途切れ、照明が点けられると、目の前に敷いてあった二メートル四方ほどの板の上に、椅子に括り付けられて坐ったままのコリン・フライが、首を斜め前に落とし、両手を両側に垂らし、失神状態でぐったりしていた。背後のキャビネットの赤いカーテンは開かれていて、さっき空中の暗闇を移動するのが見えた青白い光は、コリンの右膝に付けられた札の蛍光塗料であったことがわかった。

「コリン、コリン」

と一人の女性が呼びかけ、ジョージ・クランレイが立ち上がって、縄を解きに行った。私も手伝おうとしてそばに行くと、

「さわらないで。ちょっとした衝撃でも体に響く」

とジョージが言う。そのとき、コリンが着ていたはずの上着が床の上に落ちていて、コリンはワイシャツ姿で縛られているのに気がついた。

以上が三島由紀夫らしき人物（霊）と出会った顚末である。読者はそれでも、これを霊媒コリン・フライの、或いはコリン・フライとグルになった英国人たちのトリックではないかと疑

っているかもしれない。これについては降霊会が終わった後の一つのエピソードを紹介する。コリンは何事も無かったかのように、コーヒーを飲みながら皆と談笑していた。私もコリンのそばに行って、たいへん面白かったと言ってから、

「ミシマが出ましたね」

と笑顔で言った。するとコリンは、えっ、という顔で私を見た。それは誰ですかと訊きたそうな表情だった。

「コリンはトランス状態の時のことは何も覚えていないんだよ」

隣にいたジョージ・クランレイが笑いながら言った。

もしコリンが本当に知らなかったとしたら、出てきたフェリックス以下の人物たちは何者なのか。周りにいた英国人たちの中の誰か芸達者な者が演じたのだろうか。何のために？　我々日本人を騙してコリンを日本に送るためにか。そうすると彼等は、もう二、三年にわたって「ホーム・サークル」と称してお互い同士騙し合ってきたことになる。或いは誰かが騙すのを知らずにいたということになる。そういうことが果たして何年も続くだろうか。またそれには霊能者の合意が必要になるが、それでは「ホーム・サークル」として霊能者を育成する意味がなくなるではないか。

これについても一つのエピソードがある。翌年日本心霊科学協会はコリン・フライを東京に呼んで三回降霊会を開いた。コリン・フライの介添え役としてジョージ・クランレイも来日し

た。英国人はこの二人であった。そこで日本人側はベニヤ板でキャビネットを作り、その中に厳重に椅子に縛り付けたコリンを入れた後、ジョージ・クランレイを、坐っている椅子に布の紐で幾重かに巻き付け、その先を後ろにいる協会の者が降霊会の間じゅう持っているということにした。こうすれば英国人がグルになって日本人を騙すということは無いはずだった。ところが霊人たちは英国にいるときよりも活発に出現し、滅多にやらないような写真撮影までして大いに楽しんでいた。そうして電灯が点いてみると、ジョージ・クランレイを結んだ紐は解かれて、後ろにいた監視役の日本人に巻き付いていたのである。

八、ISFの霊能実演会でのこと

ホーヴからワイト島のホテルに帰った翌日の晩にISFの霊能公開実技の会がホテルであった。これは、この会に集まった霊能者たちが公開の席で自分たちの霊能を披露してみせる会で、会期中の呼び物のひとつであった。

私と小池さんとは気軽な気持で出席した。それまで百二十人ものISF参加者の中で、私たちが注目を浴びることはまったく無かったし、その晩も、なにか面白いことでもあるかな、ぐらいの野次馬気分で後ろの方に陣取っていたのである。私の隣には韓国から来たスピリチュアリストが二人いた。一人は以前から韓国の心霊協会を主宰してきた、朴さんという六十歳過ぎの老人で、もう一人は朴さんのお弟子さんのように見える若い大学の先生。二人とも日本語を話すところから親しくなり、その晩も私は隣席の朴さんと気楽な会話を交わしていた。

最初に壇上に立ったのはグン・アドルフソンというスウェーデンから来た女性霊能者。いかにも北欧人らしい、赤みがかった華やかな金髪を肩に垂らした、堂々たる体軀の女性で、彼女の特技は霊の姿を見てその肖像を描く「サイキック・アート」だった。彼女はにこりともしないで、挨拶らしい挨拶もせず、じっと会衆の上に強い大きな目を注ぐと、すぐに、片手に持ったB４版ほどの大きさの画用紙と、会衆とを交互に眺めながら、木炭らしいもので画用紙に何かを描き始めた。二、三分で書き終えると、その絵を手にかざして観客の方に向け、

「この人物に見覚えがありますか」

と訊いた。首から上の初老の男の顔だが、離れているのでそれ以上のことはわからない。誰も答えないでいると、グンは手を伸ばして客席の一点を指さし、

「そこに来ています。あなたの横に」

と言った。

その指さす先はどうも我々のあたりらしいことに私はやっと気がついた。私が隣を見たり後ろを向いたりして該当する者がほかにいないかどうか確かめていると、

「あなたですよ」

とグンははっきりと私を指した。

「この人は、私がここに立つやいなや真っ先に出てきて、自分を描け、描け、と言うんです」

私の頭に真っ先に浮かんだのは十数年前に死んだ父だった。父は私が初めて心霊研究をしにロンドンに来たときに東京で亡くなり、私が降霊会に出たり、霊能者に会いに行ったりするたびに出てきて、私を困らせた。

霊能者が「あなたのお父さんらしい人が来ている」と言うのである。今度もまた彼が出てきて、自分の方に注意を向けさせようとしているのだろうと思ったのだ。いきなり出てきて「おれだ、おれだ」と言うのは、いかにも父のやりそうなことだった。

「喉を押さえて苦しそうにしています」

グンが言った。それも父らしい。彼は肺炎になり、喉に痰が詰まって死んだ。

「生きているときは書くことが大好きだったと言っています」

それを聞いてぼくは笑った。父がいちばん好きだったのは金の勘定だったからだ。

「それはきっとぼくのことじゃありませんか」

私は上機嫌で言った。まだ野次馬気分だった。周囲から笑い声が起こった。

「いいえ、あなたのことではありません」

グンは厳しい声で言った。ぼくはその強い口調に我に返った。昨夜「ミシマ」と名乗る霊が「生前は書くことが食べることよりも好きだった」と言ったとフェリックスが教えてくれたのが、その時やっと頭に浮かんだのだ。まさか二夜続けて出てくるとは。しかも、彼が抱えている深刻な問題とはかけ離れた、こんなに賑やかで娯楽半分の場に。

「その人はミシマ・ユキオという人ではありませんか」

と私は緊張した声で訊いた。

「彼は腹を切って自殺したときに、首を刎ねられたんです。それで喉が苦しいのではありませんか」

「私にはわかりません」

グンは当惑した表情で言った。

私がさらに質問しようとすると、

「そこまで」

女性の鋭い声が上がった。この会の司会を勤める元教師の英国の霊能者だった。

「霊能者にヒントを与えるのはルール違反です。せっかくのイメージが台無しになってしまう。そんなことは降霊会の基本的な約束じゃありませんか」

そう言うと、司会者は壇上にいる霊能者に次の絵を描くようにと促した。

降霊会の基本的な約束事を知らないと言われて私は意気消沈した。昨夜に続いて二度目の失敗である。何よりも、せっかく出てきた霊に対して申し訳ないと思った。まったくヘマなやつだと思ったことだろう。昨夜言い足りないことがあってまた出て来たのだろうに。

グンは描いた絵を私に渡そうと壇上から招いたので、私は受け取りに行き、持って帰って絵を眺めた。両隣の朴さんも小池さんも覗き込んだ。

ところがどうも三島由紀夫に似ていないのだ。皺が寄って年寄り臭くなっているのは仕方がないとしても、あの精悍な馬面が顎の小さい卵形に変わっている。ときどき人を小馬鹿にするような油断のならない目付きは消えて、諦念を含んだ微笑が浮かんでいる。

「霊界で苦労したんでしょう」

と朴さんが言う。

「それにしても似ていませんね」

どこかに似ているところはないかと眺め回しながら私が言う。

「そうですね。ひょっとすると川端康成かもしれませんよ。彼も自殺したでしょう。三島由紀夫の結婚の媒酌人ですからね」

朴さんは私よりも事情通であった。昨夜の「ミシマ」の話を本人から聞いて、川端も出てくる気になったのだろうか。二人は多分霊界では一緒に暮らしているのだろう、と思ってよくよく肖像を見てみるのだが、どうももう一つ確信がもてない。川端のあの、それ自体が生き物のような、少々気味の悪い大きな眼の光がないのだ。本当の絵描きでもない外国人の霊能者に、そこまで表現するのを求めるのは無理なのだろうか。

結局謎のまま、私はその絵をスーツケースの底に入れて日本に持って帰った。

第二話　続・三島さん、安らかに——日本での再会

一、三島由紀夫の墓に詣でる

日本に帰ってからも英国での二晩の出来事は私の頭を去らなかった。「ミシマ」と名乗る霊はおそらく何か言いたいことがあって二度も出てきたのだろうが、二晩とも私の無細工な失敗で最後まで彼の話を聞くことが出来なかったことが悔やまれてならなかった。もう話を聞く機会は無いだろうが、せめてお詫びの一言でも言い、また慰めることが出来るものなら慰めてあげようと、彼の墓に詣でることにした。

その年の暮れの小春日和の日に、私は妻を連れて多磨霊園にある彼の一族、平岡家の墓を尋ねて行った（三島由紀夫の本名は平岡公威《きみたけ》という）。私は英国で買ったツイードの帽子を被り、手にグン・アドルフソンの描いた霊の肖像画を下げて行った。妻にはいちおうそれまでの経緯を話しておいたが、特に関心をもった様子は無かった。彼女も以前英国で私と一緒に霊能者を

訪ねたことがあり、心霊現象のことは知っていたが、私が話した内容はあまりにも現実離れしていたためか、特に反応は無かった。

彼女はときどき予想外な反応をするので予測不可能な場合が多いが、その日は、三島由紀夫の墓とはどんなものだろうぐらいの気持で行ったようである。

私は持っていった絵を墓に立てかけ、その前に花を供え、線香を立てて、冥福を祈った。

その時の気持を私は平成十三（二〇〇一）年発行の『文学空間8』所載「『ミシマ』の肖像」の中に書いていて、今読んでも納得出来るので、ここに再録させていただく。

「英国でぼくはあなたにこう言うべきでした。（中略）それを言いに今日やって来たのです。あなたの苦しみに対しては、私には慰める言葉もありません。しかし、あれからもうかれこれ三十年、当時の青年たちはそろそろ五十歳に近く、みんなそれぞれ自分たちの道を見つけて生きています。三島さん。地上のことはもう地上に任せて、安んじてご自分の魂の幸せと向上の道を歩んでください。この地上には、まだあなたを愛し、尊敬している者たちがたくさんいて、あなたのご冥福を祈っています」

園内のあちこちに武蔵野の面影を残す木立は明るく静かで、直ぐ傍の大きな欅の高い梢の上でカラスが鳴いていた。ひょっとすると何かの知らせがあるかもしれないと密かに期待していただけに、気の抜けるほど静かだったが、ふと正面の絵を見たとき、おや、と思った。絵の人物の左目の下に涙の粒があったのだ。近づいてよく見ると、涙と思ったのは線香の灰が飛んで付着したものだった。それにしても、その日は風など無かったのに、ちょうどうまいところに飛んだものだった（この肖像画の主については、いずれ書くこともあろう）。

二、三島由起夫に心酔した元民族派学生に遇う

墓参りが終わると、私はいちおうほっとして、これでひとまずこの件は終わったという気持になった。実際、その後十数年は言うべきほどのことも起こらずに過ぎて行くのだが、その間に一度だけホーヴでのことを思い出させるようなことがあった。

平成十二（二〇〇〇）年の夏のことだった。私は夏になると、生まれ故郷である北海道室蘭へ行って、文学学校の臨時講師をしていたが、その夏は『金澤文学』の同人たちが四人ほど室蘭の文学仲間たちとの交流に来た。その中に、室蘭の自然の風景を、我々が案内してどこかに行くたびに、英国風だと言い続ける四十代の男性がいた。家業は呉服商で、商売柄英国など海外へはよく行くらしかった。

夜の歓迎の宴で私はこの人、Mさんと英国について話をしているうちに興が乗り、日ごろあまり人には話したことのない（話せばたいがいヘンな目で見られる）ホーヴでの「ミシマ」との邂逅のことを話した。すると彼は、若い頃「盾の会」の思想に非常に共鳴していたと言い、

その日も室蘭の自然を眺めながら、英国の自然が好きだった三島さんが見たらどう思うだろうかと、彼のことがずっと頭にあったと言うのである。

私は「ミシマ」氏が、若い者たちに影響を与えたことを強く後悔しているということも言った。すると彼は黙ってしまった。私は、ちょっと言い過ぎたかと思い、言ったご本人が本当に三島由紀夫だったのかどうかはわかりませんけどね、と言い繕うと、彼は、

「いや、それは三島由紀夫に違いありません」

と言った。

「どうしてそう思うのですか」

と訊くと、

「それは彼が一番言いたくないことだからです」

「どうしてそれがわかるのですか」

さらに念を押すと、

「ぼくらが一番聞きたくないことだからです。盾の会の思想に共鳴していた者にとって、もっとも聞きたくないことだからです」

私はなるほどと思った。三島由紀夫が今も日本国の運命を憂えているとか、皇室を大事にしろと言ったとか、彼の死後、霊能者が書いたのを読んだことがあるが、そんなことを言われるよりも、もっともっと切実なことに違いない。

Mさんはその後、金沢から長い手紙をくれた。それには、彼と同じ世代、所謂「団塊の世代」が、今でも昔の「全共闘」的な考えを引きずって文学活動を続けているのを、民族派の学生だった自分は無念の思いで眺めている。いつか一矢を報いたい。三島由紀夫は間違いなく「戦後日本が生んだ大衆文化のヒーローの一人」である。今の自分は、昭和の戦争を民族派学生の目で見る作品を書いて行きたいと思っている、などと書いてあった。

三、元「盾の会」幹部に会う

Mさんとの出会いは、「ミシマ」事件の波紋がまだ続いていることを感じさせたが、それから六年間は何事も無かった。事態が変わったのは平成十八(二〇〇六)年の初めである。あることから「盾の会」の元幹部だった人に会うことになり、彼と一緒に「三島由紀夫」の霊に再び「対面」することになったのである。

平成十七年の十一月に私はある月例の研究会で「スピリチュアリズム」について話すことになった。この会は現旧の役人や社会人たちが、主として仏教を研究するために始めた会だが、今は宗教全般に及び、さらに現代の先端的知識の分野に亘って勉強している。ぼくは友人の紹介で勉強のために入れてもらったのだが、入った早々何か話してくれと言われた。ぼくのような素人研究家が、と思ったが、たまには気楽な話もいいだろうと思って引き受けたのである。この会で話す人たちは名だたる寺の住職とか、高名な大学教授とか、専門家として認められている人が多いので、私などはまあ一晩の座興を提供するぐらいのつもりで、スライドやテープを使って英国の降霊会がどんなものかを話すことにした。そこでいままでの降霊会で一番興味深かったホーヴでの降霊会を取り上げたのだが、当然「ミシマ」出現の話も出たのである。

宗教的な現象には偏見の無い人が多かったから、皆さん大いに楽しんでくれて、質問時間も大幅に延びたが、やっと終わって部屋を出ようとした時に、一人の中年の婦人が近づいて来て、ちょっとお話ししたいことがあると言った。

私は立ち止まって彼女の話に耳を傾けたが、初めのうちは何を言っているのか見当がつかなかった。三島由紀夫の話が出てびっくりしたとか、昨夜だれそれさんに三島由紀夫の話をしたばかりだとか、なんとかしなければいけないとか、話の内容はよくわからぬながら、彼女が何かを切実に思っていることだけは伝わってきた。

立ち話を切り上げて、歩きながら聞いているうちにどうやらわかってきたことは、昨夜彼女は、昔「盾の会」の幹部だった男性と電話で最近の三島由紀夫をめぐる世間の動きなどについて話したばかりで、今夜のスピリチュアリズムの話に、まさか三島の話が出るとは思っていなかった。これはなにかの縁だと思うので、「盾の会」の幹部だった男性にぜひ会っていただきたい、ということだった。Ｉさんというその女性は、以前ほかの女性から、霊感が鋭いというので紹介されたことはあったが、話し合ったのはその時が初めてだった。彼女の家は母子家庭らしく、子供と一緒に表参道にある母親の家に暮らしていて、彼女は東京郊外にある大学の大学院で宗教心理学の講義を聴いたり、ときに霊的な啓示を受けたりすると海外にも出かけて行き、「霊的NPO活動」とでもいうようなことをやっているらしかった。

そういうわけで私は元「盾の会」幹部の本多清さんに会うことになった。ここで、匿名にするかどうか迷ったが、「元『盾の会』幹部」と言えば誰かすぐにわかることだし、「『盾の会』幹部」と言わずに話を進めるわけにもゆかない。またこの名前自身が重要な意味を持っているので、明らかにした方がいいと思った。というのは、本多さんの元の名前、即ち「盾の会」会員だった頃使っていた名前は、「倉持」だったが、養子縁組をして「本多」となった。そしてこの「本多」という名前は、もうすでにおわかりの方もあるだろうが、三島由紀夫の最後の連作小説『豊饒の海』全四巻を通じて証言者の役割を果たす重要人物、本多繁邦の「本多」と同じである。

それがどうした、単なる偶然じゃないか、という人もいるかもしれないが、本多さんはそう思ってはいない。彼が書いた『314』(毎日ワンズ、二〇〇四年)という本によれば、『豊饒の海』第一巻「春の雪」(二)の中に、その巻の主人公松枝清顕と、その友人の本多繁邦との人物評が出ているが、本多さんは其処に「本多と清顕は」と並べて書かれているのに注目して、この二つの性と名を一緒にすると「本多清顕」即ち、自分の名前「本多清」プラス「顕」となる。「本多清」が「顕」らかにする、と読める、と述べている。実は、本多さんは姓名や数の組み合わせに非常に関心を持って多年にわたって研究していて、本の題『314』（光を表す数字だそうだ）にもそれは見て取れるのだ。

それでも、単なるこじつけだろうと言う人もいるかもしれないが、もう一つ興味深い事実を付け加えよう。

昭和四十五（一九七〇）年といえば、十一月二十五日に三島が市ヶ谷の自衛隊駐屯地に突入、自刃した年だが、その三ヶ月ほど前の八月八日に、本多さんは三島由紀夫が毎年家族連れで夏を過ごす東急ホテルに、「盾の会」会員たち四名と共に訪れた。ちょうど書き終えたばかりの『豊饒の海』第四巻（最終巻）の原稿を前にして、くつろいだ三島と冗談を交わした時に、

「先生、第五巻はぼくが書きます」

と言ったという。

三島は例の独特な高笑いをして、

「倉持に書かれたのでは台無しになる。それだけは勘弁してくれ」

と言ったそうだが、本多（倉持）さんは今もその時の自分の言葉にこだわっていて、どうしてそんなことを言ったのか、「第五巻を書く」というのはどういうことかと、考え続けている。

そこでもう一度『豊饒の海』の重要人物「本多繁邦」に戻って考えると、この男は友人で若死にした松枝清顕が転生を繰り返すのを目撃する。この小説は松枝清顕の転生物語で、真の主

人公は松枝（または「松枝」他三つの名前を借りた或る魂）だが、本多の目を通して物語が展開するのである。本多は従って、転生が実際に行われたことを世間に証言し、後世にまで伝える役目も担っている（これはギリシャ悲劇やシェークスピアの『ハムレット』などの古典に見られる手法で、著者は意図的に使ったと思われる）。そこまで考えると、小説の「本多」と元「盾の会」隊員だった本多さんの人生には、一種の類似性が感じられる。

三島は最後の決起の時に彼を外したのである。倉持清（現、本多清）は、突入に参加し、最後に三島の首を刎ねて自刃した森田必勝と並ぶ三島の片腕の一人だった。昭和四十四（一九六九）年に「盾の会」を再編成する時に三島の下で会員の学生達を統一する「学生長」を選ぶに際し、三島は森田と倉持を呼んで、二人のうちどちらにするか相談して決めろと言ったという。森田の方が二歳上だったこともあって森田が学生長となったが、そのくらい倉持は三島に信頼されていた。しかるに倉持は、土壇場になって五人の決行組の中に選ばれなかったのだ。なぜか。

元「倉持」の本多さんはそのことをずっと悩み続けてきた。彼は班長の一人として三島から日本刀を一振り貰っていた。それは、いざという時に三島と生死を共にすることを意味するものだということを知っていたが、本多さんは、「いざという時」とは自衛隊と一緒に決起する時だと思っていたという。自衛隊には年に何度か仮入隊して訓練を受け、仲間意識を持っていたのである。そういう意識の持ち様、三島との微妙な心のずれが、決行メンバーを選ぶときに働いたのではないかと本多さんは考えている。

もう一つの理由は彼の結婚である。本多さんは「盾の会」の会員だった時に既に婚約していて、そのことは三島も知っていた。しかも決起の三週間ほど前に本多（倉持）さんは結婚式の仲人になってくれるように三島に頼んだ。三島は笑顔で快諾したそうだが、その時はもう決行の日取りも決まり、人選も終わっていた。だから本多さんを外すことに仲人の話は関わりないはずだと本多さんは言うが、「先生」（本多さんは今でも三島由紀夫を尊敬を籠めてそう呼ぶ）は、日ごろ仲睦まじい許嫁者同士の姿を見ていて、その仲を裂くようなことなどは出来なかったに違いない。

三島は倉持（本多）を決起の仲間に引きずり込むよりは、生き延びて証言者となり、決起の意義を後世まで伝えて貰いたいと願ったろうことは、容易に想像がつく。実際に三島は倉持宛に遺書を書いていて、死後数日経ってから三島の家で未亡人から手渡され、倉持は、持ち主のいない寝室のベッドの上でそれを読んだ。文面は、仲人役を果たせなかった詫びと、倉持を決起の仲間に加えなかった理由（許嫁に対する責任等）が綿々と述べてあって、最後の方にこう書いてある。

「小生は決して貴兄らを裏切つたとは思つてをりません。蹶起した者の思想をよく理解し、後世に伝えてくれる者は、実に盾の会の諸君しかゐないのです。今でも諸君は渝らぬ同志であると信じます。

どうか小生の気持を汲んで、今後、就職し、結婚し、汪洋たる人生の波を抜手を切つて進みながら、貴兄が真の理想を忘れずに成長されることを念願します」

三島が自分の死後、生き残った盾の会の者たちに、自分の思想のよき理解者であり伝達者であることを期待していたことがこの文面から読みとれる。これは『豊饒の海』の本多繁邦の役割と重なるものだと言えよう。

三島由紀夫は、親しい部下であった倉持の婚約者の名前が「本多」であり、彼はやがて「本多清」になることを知っていた。それだから『豊饒の海』の舞台回しの役に「本多」という名を選んだのかどうかはわからないが、そこに因縁めいたものを感じるし、本多さんがそう感じるのも無理はないと思う。

名前の詮議はこれぐらいにして、先へ進もう。

私は前述のIさんに連れられて、青山の本多さんの事務所で彼に会った。本多さんは、今は水の浄化装置販売の仕事を手広くしていて、Iさんと知り合ったのもそれが縁だったらしい。

私は研究会で話した英国ホーヴでの降霊会のこと、その時「ミシマ」が、生前、まだ判断能力の未熟な若者たちに強い影響を与えたことを後悔していると言ったこと、などを話した。すると本多さんは、さして驚いた様子もなく、自分も最近九州（沖縄だったかもしれない）の霊能者に会ったときに同じようなことを聞いた、と言った。

私は本多さんに会う前に考えていたことがあった。それは本多さんを、私が長年知っていて信頼している霊能者のところに連れて行くことだった。おそらく私が話すことは、本多さんにとってあまりに唐突で信じがたいことだろうから、できれば彼と一緒にそこへ行って、確かめてみようと思ったのである。それは私自身にとっても、長年もやもやしていたものをはっきりさせるよい機会であると思えた。

本多さんは私の考えに賛成してくれた。自分が会った霊能者の話だけでは物足りなかったのか、別な霊能者に会えば何か別な話が聞けるかもしれないと思ったのかはわからないが、とにかく私たちは、Ｉさんも一緒に、翌年（平成十八〔二〇〇六〕年）四月末に東北新幹線で北へ向かった。

四、再び三島由紀夫、さらに森田必勝に会う

私たちが訪ねた霊能者は小原みきさんと言って、日本心霊科学協会盛岡支部の霊能者である。霊能者といっても、日本では大きく分けて、霊からのメッセージを伝える霊能者と、霊能者を導く霊能者とがあり、後者を「さにわ」と呼ぶが、小原さんはこの「さにわ」である。この「さにわ」の制度は神功皇后と武内宿禰《たけうちのすくね》以来と言われる日本固有のものだが、久しく行われていなかったのが明治になって復活し、日本心霊科学協会の降霊はこの法に則っている。細かい説明は省くが、拙著『近代スピリチュアリズムの歴史』（講談社）の「鎮魂帰神の法」に概略が

記してある。

小原さんは「さにわ」として、数人のお弟子さんを長年にわたって訓練し、一人前の霊能者に育て上げた。その霊能者を使っての降霊である。「さにわ」の役割は降りてきた霊が正しい霊か邪霊かを見極め、さまざまな問いを掛けて霊の素性やその望むところを知り、もしその霊が正しい道を歩んでいなければ（成仏していなければ）その過ちを諭して正しい道へ導くのである。細かい心配りの要る、たいへん大事な仕事だ。

その日は三人のお弟子さんを呼んで降霊をした。場所はごく普通の市営住宅の一室で、始めたのは午前十時半頃。お弟子さんたちはそれぞれ家庭を持っているので、夫や子供たちが会社や学校へ出かけた後でないと出かけて来ることが出来ない。いつも顔を合わせる茶飲み話の仲間のように和やかに集まり、神棚のある部屋に入ると、小原さんを上座に、それぞれ壁を背に中央を向いて坐る。先ず小原さんが神前に心霊協会の祝詞《のりと》を上げ、次いで、

「では、始めましょうか」

と我々客の方を向いて言う。終始和やかで、日常的で、これから死者を呼ぶなどという緊張感やおどろおどろしさはどこにもない。

最初に小原さんから声を掛けられたのが私で、進み出て座布団に坐ると、お弟子さんの一人のAさんが小原さんに呼ばれて、私と対座した。小原さんは私の横に坐り、両手を結び、人差し指を合わせて突き出し、其の先をAさんの額に向け、入神状態に導くためにじっと念を送る。

あらかじめどういう霊に出て貰いたいか頼んでおかないかぎり、対面した者にそのとき一番関係のある霊が出てくるので、何が出てくるか予測はつかない。その日の主役は私ではないので、私は何も頼まなかった。出てきたのは私の先祖霊の一人であるという人物だったが、その話は省略する。

次に本多さんである。霊能者は古参のHさんで五十代、円満な顔のどっしりした女性だ。三島由紀夫のことも、本多さんが「盾の会」の幹部だったことも、何も告げていない。小原さんが人差し指を向けて念を送ると、二、三秒も経たないうちに、目を閉じた表情がひょいとゆるんだ。

「どなたさまですか」

小原さんが間髪を入れずに言う。

(ここで一言お断りしておかなければならないのは、霊能者が目をつぶり小原さんが指先から念を送ると、霊がいとも簡単に出てくるように思えることだが、ここまでなるのには長い年月の辛抱強い修練が必要だったのである。私が小原さんを知ってから二十年以上になるが、初めの頃は霊が出るまでに手間暇がかかったし、やっと出ても狐霊などの動物霊や浮遊霊が、待ってましたと悪戯半分に出てきて、さにわを手こずらせることも多かった。私の見たところ、この二十年間に小原さんのグループは驚くほど進歩し、今は「間髪を入れず」と言っていいくらい望みの霊とのコンタクトが取れる。勿論、よい結果を生むためには、参加した依頼者の真摯な心構えも、それを受ける霊能者の健全な心身の状態と共に必要である。降霊会は参加者全員の協力が無いと成功しない。)

さて、Hさんの表情は苦しそうに変わり、右手を握って腹に当てたのを左掌で押さえ、強く押しながら前屈みになり、もだえながら今度は両手を首に当て、自分で首を絞めるような動作をした。

「お侍さんですか。切腹されたんですか」

小原さんが声をかけると、Hさん(に乗りうつった霊)は首を激しく横に振った。

切腹した侍がよく出てくるので小原さんはそう思ったのだが、私は、いよいよ来たな、と思った。

「侍じゃありません。名前を聞いてください」

小原さんに言うと、

「お名前はなんとおっしゃいますか」

小原さんは霊の表情を下から探りながら言う。

Hさんは体を折り、苦しそうにしたまま畳に向かって小さい声で、

「平岡です」

やっと聞き取れるくらいの声だった。「三島由紀夫」の名を期待していた私ははっとした。

小原さんに、

「誰だかわかりますか」

と訊くと、小原さんは、

「わかりません」

と答えた。すると本多さんが、

「公威《きみたけ》さんですか」

と訊いた。Hさんは頷いた。

「三島由紀夫ですよ」

と私は小原さんに小さい声で告げた。

「苦しいでしょう。いま楽になりますよ」

小原さんはそう言って三島由紀夫の霊にコップに注いだ水を差し出し、Hさんがそれをおいしそうに飲んだ（切腹した侍の場合にはいつもそうするので、その時もそうしたはずだと思うのだが、はっきり思い出すことが出来ない。残念ながら、ホーヴでの降霊会の時のように、その時のやりとりをテープに記録していなかった。記録するのはかまわないのだが、何かの理由で用意していなかった。ただ、日記が残っているので、それにより記憶を辿りながらこれを書いている）。

一息ついた三島霊は、自分のことを話し始めた（以下はほとんど日記に書いた通りである）。

生まれたときから体が弱かったこと、精神的にも弱いところがあったこと、それを克服するためにボディビル、剣道などで体を鍛えたこと。男色を楽しんだこと。やがていろいろな者たちが自分の中に入り込み、自分を使って過激なことを書かせるようになった。自分は進んでそれに従い、若者たちまでも過激な道に引きずり込んだ。今はそのことをたいへん後悔している等と、下を向きながら呟くように話した。

私は彼がこれほど詳細に過去を語るとは思っていなかった。その内容は、ホーヴでフェリックスを通じて聞いたことを十分に裏付けるものだと思った。

「先生。倉持です」

と本多さんが、じっとしていられなくなった様子で名乗り出た。

三島霊（Hさん）は本多さんの顔を見て、初めはちょっと戸惑った様子だったが、次の瞬間、

「おお、倉持か」

と顔を輝かせた。

「今何をしているんだ」

本多さんがそれに答え、しばらくやりとりがあったが、私は覚えていない。私は感動でいっぱいになりながらも三島霊に言いたいことがあり、いつ言い出そうかと待っていた。頃合いを見て私はHさん（三島霊）の手を取り、名を名乗り、かつて英国のホーヴという町でお会いしたことがあると告げた。三島霊は何も言わなかったが、私はかまわずに続けた。ここにいる本多さんのように三島さんをいまだに慕っている者たちはたくさんいて、三島さんが恐れている

ような過激な道に進むことなく、それぞれの道を見つけて歩んでいる。私もできるかぎりの助力をしますから、どうか安心して霊界でのご自分の行くべき道を行ってください。そうして日本が正しい道を歩むように導いていただきたい。そう言って、私は自分の取っているHさんの手を本多さんに渡し、

「安心するように、本多さんからも言ってください」

と頼んだ。

本多さんもその手を取って、何か言ったが、今私の記憶には残っていない。その後で小原さんが、いつもするように、火を付けた線香をHさんの鼻の下に翳して煙を嗅がせると、三島霊は気持よさそうにそれを吸い込んだ。次に小原さんが「心霊祝詞」を唱え、三島霊の霊界での精進と幸せを祈ると、Hさんの顔が和やかになり、恍惚とした表情に変わっていった。最後に小原さんが、

「えいっ」

と気合いを入れると、Hさんがぱっと我に返り、初めてこの世界を見たように親しげに周りを見る。さっきまでの苦しみの影など一片も無い笑顔になった。

我々もほっとして、感想などを話し合う。

次は一緒に来たIさんの番になって、お祖母さんが出たが、プライベートなことなので省略する。

それで一通り客の出番は終わったのだが、まだ時間が残っていたので小原さんが、

「どなたかまだ何かお聞きになりたいことはありませんか」

と我々に訊ねた。

本多さんが間髪を入れずに
「森田必勝を呼んでいただけませんか」

と言った。自分と同じ「盾の会」の「班長」で相棒だったが、三島由紀夫と共に自衛隊駐屯地に突入して、一緒に自刃した男だと説明した。

「じゃあ、今度はAさん、どう」

と小原さんが、最初に私の相手をして以来壁を背に控えていたAさん（彼女は夫と一緒に剣道を修行していて、高段の腕前だと聞く。自然や宇宙に宿る霊がよく出る）に声を掛けると、既にAさんの様子がおかしい。苦しそうな表情で体をよじっている。

「おや、苦しそうだね」


Aさんは頷くので精一杯。小原さんは心得た様子でAさんの後ろに廻り、何事か唱えながら背中をさする。どうやら気分は持ち直したらしく、Aさんは前に出て座布団に坐るが、突如として表情が険しくなり、昂然と胸を張り、男のような声で叫び出した。

「ここはどこだ。真っ暗で何にも見えない。どうして俺はこんな所にいるんだ。日本がよくなるというんで俺はやったんだ。それなのにこれは何だ。俺は口惜しい。口惜しい」

こちらから声の掛けようもないほど凄まじい形相。

「あなたは死んであの世にいるんですよ」

小原さんが落ち着いた声でなだめるように言った。

「死んだ？　俺は死んでなんかいない。この通り俺は生きている。俺には体もあるし、こうやって喋っている」

「あんたはこの女の人の体を借りているんですよ。あんたが喋っているのはこの女の人の口を借りて喋っているんです」

「俺が女だ？　バカなことを言うな。俺は男だ。森田必勝だ」

男だ、女だと、森田霊と小原さんとの間にしばらくやりとりが続いた後、小原さんが言った。

「そんなら、あんた、自分の体を触ってみなさい」

するとAさんの両手が動いて、自分の胸や腹、腰を撫でまわした。

「ヘンだな。あちこち出っ張ってる。柔らかいぞ」

「そうでしょう。女の体だからです」

「これはどうしたというんだ。俺は男のはずだ」

森田霊の声の調子がやや下がった。

「あなたは死んだんです。今はあの世にいるんです」

「俺は死んでなんかいない。俺は女でもない。男だ」

「それじゃ、自分の家に行って仏壇を見てごらんなさい。あなたの名前の書いた位牌があるはずです」（ここのところ、仏壇を見に行けと言ったのか、墓を見に行けと言ったのか記憶がはっきりしない）

少しして森田霊が言った。

「不思議だ。俺の名前が書いてある」

森田霊はどうやら死んだことを受け入れる気になったようだった。

「それじゃ俺がしたことは何だったんだ。おれは日本の国がよくなると信じてやったんだ」

小原さんと私とは、人間の一生は地上だけで終わるのではない、まだまだ先があり、いくらでも取り返しがつくから、これからも一生懸命自分の行くべき道を進んで行ってくださいと言って慰めた。

「森田」

本多さんが出てきて声を掛けた。

「わかるか。俺だ。倉持だ」

森田霊（Aさん）は本多さんの顔を探るようにじっと見た。

「倉持。お前か」

森田霊の顔に懐かしさが滲み出た。

「ずいぶん年取ったなあ」

「おれももうすぐ六十になる」

「どれ、見せろ」

森田霊（Aさん）は本多さんの手を取って眺めた。

「ずいぶん皺が寄ったじゃないか」

彼の戸惑いと、実感の籠もった言い方に、傍にいた私も小原さんも笑った。

本多さんはほかにも何か森田霊に言ったが、その場のユーモラスなやりとりのおかしさに、ほかのことは記憶に残っていない（後で、本多さんが「盾の会」の制服を着た「倉持」だった頃の写真を見る機会があったが、ふっくらした顔の可愛らしい少年だったので、森田霊が感慨深かったことが納得出来た）。

二人の話の中で三島由紀夫の名が出た。

「今、先生に会ったところだ」

本多さんがそう言うや否や、小原さんが指さして、叫んだ。

「そこにまだいる！」

ひょいと見ると、脇に控えたHさんの様子がおかしい。

何か言い出したいような、じっとしていられない様子。

「三島由紀夫さんですか」

小原さんに言われるのを待っていたかのように、Hさんはにじり出てきて、

「森田」

と呼びかけた。Ａさん（森田霊）が振り向く。その顔にみるみる歓喜の表情が浮かび、

「先生」

と両手を差し出した。

この時の感動を私は今もはっきり思い出す。二人の中年の女性が手を取り合う姿に、確かに元「盾の会」隊長と隊員とが再会を喜んでいる姿がまざまざと見えた。

三島霊は森田霊を抱きかかえるようにして去って行こうとする。それに向かって、小原さんが心霊の祝詞を何度も唱えた。

五、「光」への道

これがいままでに私の身に起こった三島由紀夫関係の出来事のすべてである。私の記憶に誤りがある場合もあるかもしれないが、録音テープや日記、関係者からいただいた手紙などを参考に、できるかぎり忠実に起こった出来事を辿ったつもりである。私が幻覚を見たのだとか、騙されたのだとか言う人もいるかもしれないが、すべて目撃者や同伴者のいる出来事ばかりである。しかも私が望んで始まったことではない。イギリスまで行って初めて出た降霊会に、日

本人が、それも亡くなった家族や親族でなく、会ったこともないし会おうとも思っていなかった歴史的な人物が出てくると誰が予測しただろう。その上、私自身の意志とは無関係に、再びその人物に近づいたところ、英国での最初の出会いの時に彼が話したことを、より詳しく述べたのである。勿論、私は、そのメッセージを伝えたHさんに、以前起こったことは何も言っていない。

霊界があるのかないのか、それをここで問題にするつもりはないし、問題にしたところで何の結論も出てこないだろう。私はただこの事実の重さを大事にしたいのである。「ミシマ」または「平岡」と名乗る人物は、この世でなら決して明かさないだろう心の秘密を、二度とも、真剣に、誠実に語ってくれた。彼の存在を拒否したならば、もしそれが事実に反した場合、彼はどんなに不幸になり孤独に陥るだろうか。そんなことは私には出来ないし、彼の存在を否定する明確な根拠など、私は持たないのである。

彼ばかりではない。今度の盛岡での出来事の中で一番の収穫は、森田必勝が覚醒し、彼と共に歩み始めたことである。この師弟の再会と二人の友情の再確認とは、霊界の大きなイベントだったかもしれないと、私は密かに考えている。それは単に好漢森田が自分の不満と不明の闇から解放されたというだけでなく、後輩たちに悪い影響を与えたのではないかとあれほど悩んでいた三島が、その実例としてもっとも気にしていたはずの森田の覚醒を知り、これから共に手を携えて天へ上る道を歩む展望を得たということだ。三島はどんなに嬉しかったろう。これは私の勝手な空想だが、三島は森田を、フェリックスのグループなど自分が信頼する者たちの許へ連れて行き、地上で自衛隊の入隊訓練を受けさせたように、霊界で自分が受けたと同じような体験をさせようとするだろう。やがては二人で相談し合って、自分たちの得た霊界の知識を広めるべく、地上の者たちと交流しようと活動し始めるかもしれない。日本と日本人の運命を真剣に考えていた人物として、そうなってゆくのが自然なような気がする。

そこでもう一つの問題は、本多さんなどのように地上に残された者たち、特に「盾の会」会員たちのことだ。先ほども述べたように彼等は三島指揮官から後事を託されたのだ。市ヶ谷駐屯地での決起とそれに到る事情の証人となり、その真実を後世に伝えて欲しいと頼まれたのである。しかも本多さんは、『豊饒の海』の第五章は自分が書きます」と三島に告げ、その後、それは何を意味するのかと悩み続けたのである。

「それが解けるまでに二十年の歳月がかかった」

と本多さんは書いている。

本多さんが二十年かかって見出したものは何であったか。それは「光」だと本多さんは言う。本多さんはある偶然から一生の師と仰ぐ人物に出遇い、その人から「光」が心の本源であり、森羅万象を生み、動かしている宇宙の根本だということを学んだと言う。また、「光」は「形、色、数」によって具体性をもち、我々人間に知りうるものとなる、とその先生は教えてくれた。これはその先生独自の教えらしい。本多さんの著作『３１４』にはその実例がたくさん書いてあり、その謎のような複雑さと、それを断ち切る「快刀乱麻」の明快さとは、初心者の我々には目が眩むようである。とにかく、本多さんはこの教えによって「盾の会」の三島由紀夫の呪縛から解放されたと言ってよいだろう。その先生は本多さんにこう言ったという。

「本多さんは言葉の極地を体現された三島由紀夫先生のお弟子です。この世の最後は切腹という『形』で終わらせ、『光』の極致を示された。これからは先生が言葉の世界で成し得なかった、言葉の反対、『光』の世界を歩んでください」（ちょっとわかりにくいかもしれないが、本多さんの言葉通りを記した）。

本多さんは、前にも言ったように、現在水の浄化装置販売の事業をしている。館山に海を眺める家を持ち、彼の言葉を借りると、館山の水をかなり浄化した、ということである。その仕事も、勿論、「光」の働きを意識したものであることは言うまでもない。

三島由紀夫がその行く末を心配していた「若者」の一人は、三島の死を乗り越えて、このように「光」への道を進んでいる。『豊饒の海』第五巻は、立派に書き継がれていると言うべきだろう。盛岡で三島霊が森田霊と共に光を求めて天上への道を歩んで行っただろうことを思い浮かべると、よそ者ながら私にも納得出来ることである。本多さん以外の「盾の会」のメンバーたちがどういう人生を歩んでいるのかはわからないが、個人的な差はあるとしても、それぞれ失意をバネにして光に導かれた人生を歩んでいるものと信じたい。

六、「若者たちにすまないことをした」ということ

私はホーヴで聞いた、「ミシマ」の、「若者たちに影響を与えたやり方を後悔している」という言葉を念頭に置いて、いままで書いてきたが、それが具体的に何を指しているのかということについては触れずに来た。ただ漠然と「盾の会」の会員たちを頭に描き、その指導のやり方を三島は反省しているのだろうと考えた。おそらくその考えに間違いはないと思う。三島が書いたものを読んで影響を受けた若者は何万人といるだろうが、自衛隊の訓練などで三島と寝食を共にし、直接薫陶を受けた若者たちは百人に満たない。三島は彼等と共にクーデターを起こすことまで考えていた。ほとんどの者たちは三島に忠誠を誓い、三島は彼等を意のままに動かすことが出来た。彼等の生死を握っていた三島が、真っ先に彼等に責任を感じたのは当然のことだろう。

それでは、彼等を「指導するやり方」のどこに霊界の三島由紀夫は後悔の念を抱いたと我々は考えていいのだろうか。

これについて私は、いままでの出来事があまりに突拍子もなく驚くばかりだったのと、腹の奥ではわかったような気がしていたので、そこまで突き止める余裕がなかったのだが、もしま

た三島由紀夫の霊と対面する機会があったら、ぜひ聞いてみたいと思っている。従って、彼の皇国観や憲法についての考え、また自衛隊のあり方などについて、どの程度今の彼が前とは違った考えを持っているのかはわからない。ただ、ホーヴでのやりとりの中でフェリックスが、「優しさ（ジェントルネス）こそが他人を納得させる最良の方法だ」と言い、「ミシマ」の自衛隊駐屯地への乱入から自刃に至る行為を「恐ろしい（ぞっとする）やり方（Appalling way）だ」と批判し、「ミシマ」はそれを聞いて「非常に後悔している」と言っている。また、「彼は考えを変えた（He changed his opinion.）」とも述べている。そういうことを考えると、いまの三島由紀夫は、昭和四十五年十一月二十五日の決起の行動のみならず、それを支えた彼の思想に対しても（思想が行動を起こすのであるから）きわめて批判的であると考えていいだろうと思う。

いずれにせよ、私はこう言いたい。

三島由紀夫の最後の行動と思想を持ち上げるようなことは止めよう。それを使って社会的な行動を煽り立てるようなことは厳に慎もう。三島由紀夫に今も敬意と愛情を持っている人たちがそうしたくなる気持はわかるが、それは今の彼の本意ではない。ただ彼の冥福を祈り、そっとしておいてあげようではないか。霊界にいる三島さんを悲しませるようなことは止めようではないか。

第三話　コリン・フライ（COLIN FRY）、その後

一、コリン・フライ、有名になる

私が霊界の三島由紀夫に出遭う機縁を作ってくれた英国の霊能者コリン・フライがその後どうなったか、興味のある読者もおられると思うので、お話ししておこう。

彼は今や英国では現存する最も有名な霊能者（medium）の一人となった。ほかに有名な霊能者は三、四人いるらしいが、彼がいちばん有名のようだ。理由はテレビとラジオである。彼は衛星放送とケーブル・テレビのチャンネル、LIVING TV の「SIXTH SENSE（第六感）」という番組の主演者となり、またBBC（英国放送協会）ラジオ4にも出演した。「第六感」の「コリン・フライと一緒に」というレギュラー番組出演によって、彼は一躍全英国に知られるようになり、各地方へのツアーも始まり、行く先々で会場は満員となり、彼の名前の入ったTシャツやキー・ホルダー、彼出演のビデオ・テープなどが売られるようになった。

名声を決定づけたのはＢＢＣの「ラジオ４」出演である。これは二〇〇二年と二〇〇三年に、再放送を含めて数回繰り返されたにすぎないが、なにしろ科学番組で定評のあるお堅いＢＢＣが、史上初めて心霊番組を放送したのである。この「お祖父さんたちが暗闇の中で何をしたか」というタイトルの番組の中で放送されたのは、二人の霊能者によって録ることが出来た「霊界から」の声で、最初は六十数年前の録音、次はコリン・フライによるものだった。コリンが伝えた声の主は生前著名だった二人の霊能者で、一人は、コリンを見出して世に送り出した「ノアの方舟協会」の創立を霊界から指示し、名称の由来ともなったノア・ザーディン（Noah Zerdin）であり、もう一人は、ノア・ザーディンの最初の弟子だったレズリー・フリント（Lesle Flint）である。この放送の現場にはノア・ザーディンの遺族たちも出席していたというから、おそらく彼等も納得して聴いていたのだろう。

私はこれらの事柄を「サイキック・ニューズ（Psychic News）」という週刊新聞（モーリス・バーバネルという霊能者によって始められた、英国で唯一の心霊関係のニュースを扱う新聞。一九三二〜二〇一〇年）によって知ったので、詳しいことは言えないが、彼の活動と名声は主として主観霊能者としての働きによるものらしい。主観霊能者（Trance medium）とは、「主観」すなわち自分の感覚を通して「霊界」と繋がりをもち、そこで得た知識やメッセージを伝える霊能者で、憑依されて直接「霊」の言葉を喋る場合や、自分の意識は失わずに間接的に霊的な情報を伝える、透視とか、物品の鑑定、絵を描く「サイキック・アート」などがある。

これに対して物理霊媒（Physical medium）という、物的現象を起こす霊媒があり、霊界人を出現させたり、物体を移動させたり、目に見えぬところから物品を引き寄せたりする。コリンなどはこの物理霊媒として売り出したのだが、心霊的な物理現象は、例えば暗闇の中でなければいけないとか、電波を出す機械装置は受け付けないとか、さまざまな制約があるので、テレビやラジオの放送向きではない。だが物理霊媒は同時に主観霊能にも優れている場合が多く、コリンなどは明らかにその例と言える。逆に、主観霊媒で物理現象を起こす者は非常に少なく、欧米、日本を通じて、ほとんどの霊媒は主観霊媒である。彼等が物理現象を起こすのは、せいぜいスプーン曲げとか、静止している振り子を念力で動かすとか、コインを使ってコップを通過させるとか、それぐらいのものである（それでも常識から言えば驚くべきことには違いないが）。

ところでコリンは、物理霊媒として初めて世に認められて以来ずっと活動の母体であった「ノアの方舟協会」を、二〇〇三年の末に閉鎖してしまった。「協会の役割は終わったので前に進みたい」というのが、止めるときのコリンの弁だが、コリンによる幽体出現の現象見たさに、毎年多くの人間が集まって来て膨らみすぎてしまった組織を、もてあますようになったのだろう。彼は今では十分に有名となり、テレビ番組という有力な活動の場をもっているだけでなく、経営難に陥ったスウェーデンの心霊教育の学校を買い取って校長となり、その建て直しに苦心している。

彼が、単なる好奇心から集まってくる人間達を避けるようになったもう一つの理由は、やっかみ半分に彼を中傷する者が増えたためらしい。具体的にどういう中傷を受けたのかはわからないが、「もう二度と公開の席で物理的心霊現象（霊の出現）を見せたくはない。ぼくの目の前で笑っていて、背後でひどいことを言う連中にはもううんざりだ。ぼくが何と言われているか知らないとでも思ったら大間違いだ。これからは、いままでの十数年間に知り合ったごく少数の信頼の置ける人々にだけ現象を見せることにしたい」と相当憤激した口調で記者に話している。

コリンの現在の活躍ぶりはだいたいこんなものだが、まだそれほど評判でなかった頃に日本に呼んだ私としては、たいへん嬉しいことだ。実は、当時の英国の霊能者の活動状況など何も知らずに出かけていって、たまたまその名を耳にして、当たってみたのがコリンだったわけで、たいへん幸運だったとしか言いようがない。海のものとも山のものともわからぬ人間を外国から呼ぶのだから、呼ぶ側にもなにか一悶着あってもおかしくはないところだが、まったくなんの反対も、障害もなく、これでいいのだろうかと、かえってぼくの方が心配になったくらいに、あっさりと話が決まり、どんどんと事が運んで、金銭上のトラブルもなく、一週間あまりの滞在中不都合なことは何も起こらずに、コリンと付き添いのジョージ・クランレイは予定の仕事を終えて英国に戻った。しかも三度の降霊会と、この二人によるデモンストレーション（霊能実演）は大成功といっていいくらいの人気ぶりだった。

スピリチュアリストたちはよく、「何事も霊界からの協力なしには、うまくことは運ばない」と言うが、それを実感した日々であった。この言葉は、単なる諺とか言い伝えの類ではなく、私には身に覚えのあることでもあった。というのは、私を日本心霊科学協会に理事として呼んでくださった後藤以紀先生（工学博士。元東京帝国大学教授、工業技術院長、日本心霊科学協会常任理事）が亡くなったちょうど後に、私は、先生が三田光一の月の裏側の念写について書いた論文を何部か英国に持っていって、ＩＳＦ（第一話参照）の会合で配り、前述の「サイキック・ニューズ」にも紹介されるということがあり、その時以来、予期しない幸便な巡り合わせに遭ったり、予想を越えてうまく事が運ぶので、どうしても後藤先生のことを思い出さずにはいられなかったのである。

そんなことはどうでもいいとしても、東京では、コリン・フライについて疑惑の目で見ていた人もきっといたに違いない。そうでなくても、二百万円近い金を使って呼ぶに値する霊能者であったかどうかは、疑問に思った人もいただろう（収支勘定からいえば百万円ほどの欠損となった）。会の会員の中には、コリンの心霊現象を科学的に厳密に測定しようと考えていた人たちもいた。彼等は三菱電機の事務所に頼んで「サーマル・イメージャー」という、暗闇でも僅かな熱量に敏感に反応して物体を捉える、赤外線撮影機を借りてきて降霊会場に設置し、まさに作動させようとするところまでいったが、英国人側からストップがかかった。機械が出す僅かな音でも、霊の出現の障害になるというのである。霊たちはこういう機械類が嫌いらしく、ポルターガイストの調査の時などでも、テープレコーダーやビデオレコーダーが突然故障することがよくある。この時は降霊会が始まってマグナスという指導霊が出てきた時にも、三菱電機側がもう一度頼んでみたが、いい返事はもらえなかった。せっかく遠方から機械を調達した人たちは非常に残念だったろうということは察しがつく。次の二回の降霊会にも彼等のために席を取ってあったのだが、(一回一万円でも申し込み多数で、何人かは断らざるを得ないほどの人気だったにもかかわらず)空席のままだった。

一方、霊は機械音が嫌いなはずなのに、マグナスは会場に置いてあった使い捨てカメラを操作して、出席者の写真を撮った。フラッシュの音は確かに聞こえたし、厳禁だったはずの光も閃いたのである。それほど霊たちも見知らぬ土地での公演に興奮したということらしい。私はマグナスに、光は霊能者(コリン)の体を傷つけるのではないかと訊いたところ、マグナスは、今夜コリンの体にはいつもよりも多量のエクトプラズムが巻き付けてあるので大丈夫だと答えた。

二、「ノアの方舟協会」の東京公演

せっかくコリンの東京公演の話になったので、それについてもう少しくわしく述べたい。

平成八（一九九六）年十一月六日から十二日までの七日間にわたって「ノアの方舟協会」のコリン・フライとジョージ・クランレイによる霊能公演が、日本心霊科学協会創立五十周年の記念行事の一つとして、東京上落合にある協会本部の二階広間で行われた。主な演し物であるコリンの降霊会は、一日おきの三晩、午後六時から約二時間行われた。その前の四時から五時までは、ジョージ・クランレイが降霊会（ホーム・サークル）について、どういう事が起こるのか、参加者はどういう態度で臨んだらいいのかを話した。また降霊会と次の降霊会の間の日の午後には、コリン・フライのトランス・トーク（入神談話）が行われた。その間ジョージ・クランレイは希望者に心霊治療を施術した。

日本側は最初降霊会だけを考えていたので、降霊会直前の講話とトランス・トーク、心霊治療は英国側の申し出によるもので、好意の「おまけ」である。また降霊会の謝礼について事前の取り決めは無く、航空運賃と食費を含む滞在費はこちらで持ち、謝礼も若干出すつもりだから、当協会の五十周年記念のために、来てくれないかと頼んだのである。しかも名目上航空運賃はコリン・フライ一人分しか出さなかったが、ビジネスクラスの料金を送ったので、向こうは工夫して二人分の安い航空便を探して来たのである。

東京滞在中、彼等は午前中は暇で、七日のうち一日だけは日本心霊界の古老の家を訪問するという比較的ゆっくりしたスケジュールだったが、それ以外は連日行事が詰まっていた。そういう忙しい中でこちらから頼みもしないことをやってくれたというのは、相当な好意とこちらは受け取ったが、彼等の職業意識がそうさせたのかもしれない。最後に、コリン・フライに三十万円、ジョージ・クランレイに二十万円の謝礼を贈ったが、彼等がしたことを考えれば、決して多すぎたということはないだろう。降霊会は三回とも大成功だったし、トランス・トークも心霊治療も人気があり、協会の収入にもなって、赤字の穴埋めに貢献した。この成果は、報酬も含めて、彼等英国人にとっても満足すべきものだったようだ。

降霊会を始めるにあたって我々日本側は、前述の「サーマル・イメージャー」のほかに次のようなものを用意した。

キャビネットと椅子。

これは降霊会には基本的な必要品ということで、英国側からの要請で用意した。キャビネットは天井を二十センチほど高くしたほぼ一間四方の箱で、会員の有志がベニヤの厚板で箱の三方と天井を作り、開いている正面は赤いカーテンで閉めるようにした。椅子は協会の事務員が台東区の家具店を半日がかりで廻って、立派な木製の肘掛け椅子を買ってきた。ジョージ・クランレイは、日本に来て最初にこれらを見たときに、「ノアの方舟協会」の基準からいっても立派なものだと思ったと、後日に発行した彼等の会報の中で述べている。

キャビネットの前には、出席者が円陣を作って囲む床の上に、次のような物を置いた。

英国側が持参した「トランペット(螢光塗料を塗ったラッパ状のブリキの筒)」。直径約四十センチのアクリル製の透明な半球。その中に、開いた帳面と赤、青の色鉛筆を入れ、低いテーブルの上に伏せて接着剤で固定した。出現した霊が接着した球の中の帳面と色鉛筆を使って何か書（描）こうとするかどうか、どうやってそれらを手に入れようとするかという、霊に対する一種の挑戦である。霊だから、球が接着されていてもかまわずに、中の帳面に書（描）くかもしれないという期待があった。

その他テーブルの上には、空のコップ（水を入れると、演技中の霊によって倒されたり、振り回されたりして、観衆に水がかかるといけないから）に入れた白い菊の花束、使い捨てカメラ（フラッシュなど光るものは厳禁だったので、これは誰かがまったくの思いつきで置いた）、大小四個の木製とアクリル製の輪（それらを繋げてもらいたいという願いから）、なども載せた。さらに床のカーペットの上には、（霊が手形を押すための）片栗粉を入れた盆、（霊が指紋を捺すことを願って）油性と水性の粘土の塊二個、小型でサイズもさまざまな七、八体の人形。カウベル。風鈴。ウクレレ。バナナ、ミカン、リンゴ（霊の歯形採取のため？）を容れた盆、などを置いた。英国の降霊会では見られない賑やかな光景である。

その他の準備。

英国側から念入りに注意されたのは、どんな僅かな光も入れないように、完全な暗闇にしてほしい、ということだった。窓の目張りが不完全だったために途中で中止せざるを得なかった降霊会があったという。そのため会場となった二階ホールのすべての窓にベニヤ板を張り、窓枠との隙間を厳重に目張りした。それでも最初の降霊会の時に、出てきた霊から光が漏れていると言われた。事前にチェックしたはずだが、暗闇になって初めて気がついたのである。

ジョージの事前注意。

降霊会の前に一時間ほどジョージ・クランレイから、降霊会とはどんなものであるか、参会者はどうすべきであるのか、の話があった。その要点はあらかじめ日本語に訳してプリントされ、「参会者の手引き」として手渡されてあった。以下はその抜粋である。


「十分に物質化した霊体が出現します。ただし暗闇の中なので、『霊界』の方からの指示のないかぎり、明るくして見ることは出来ません。『霊界』の方では、蛍光塗料を塗った板に反射させて、物質化した手を見せようとするかもしれません。物質化した霊は、歩き回って、皆さんに近寄ったり、触ったり、抱いたりするかもしれません。また、トランペット（前述の円錐形のブリキの筒）などに付けた蛍光塗料布によって、それが動いたり、飛んだりするのをご覧になることもあるでしょう。それぞれ異なった個人の声が聞こえて来ます。トランペットを拡声器代わりに使って声を出したり、トランペットが誰かのところに来て、個人的なメッセージを伝えたり、囁いたりします。何処からか、物が飛んでくることもあります。トランペットの小さい方の穴よりもずっと大きい物が、トランペットを通過して出てくることもあります。不思議（霊的）な匂いのすることがあります。膝の下のあたりが寒く感ずる人もいるでしょう。微風を感じたり、少量の水を振りまかれたりする人も出てくるかもしれません。多数の人の集まる会では、あまりいい結果が出ないことがありますが、NAS（ノアの方舟協会）が地方でやる小さな会では成功することが多いのです。」

参会者心得としては、

「（衣服）

リラックスした雰囲気にするために、なるべくカジュアルな服装でお出かけください。匂いのするもの――香水、香りの強い石鹸などは避けてください。『霊界』から送られてくる匂いと混同することがあります。

（持ち込んではならない物）

音のする物（ポケベル、携帯電話、アラーム付き腕時計）。そのほか、音を立てる装身具、鍵、コインなど、人によっては、興奮したり、神経質になったりして、いじりまわすことがあるので、そういう人は、あらかじめ持ち込まないでください。テープレコーダーも、装置されているもの以外はだめです。『霊界』が現前するときには、微妙なバイブレーション（波動）を保つ必要があります。また、たとえ小さな光でも、うっかり光ったために、「霊」が出現しなくなったり、霊能者の体に異常が起きたりすることがあります。ですから、カメラ、ライター、マッチなどは持ち込まないでください。

（公平な態度）

出来るだけ公平な態度をおもちください。科学的な懐疑精神をもって参加されるのは結構ですが、最初から偏見や疑惑をもってお出にならないでください。それは『霊界』に敏感に伝わって、よくない結果をもたらします。終わった後は、どうぞ自由にご意見や印象を、他の方と交換なさってください。

（降霊会中の心得）

両手を膝の上に置いて、音を立てないように座っていてください。立ったり、歩き回ったりしてはいけません。また、『霊』の指示がないかぎり、近づいてきたトランペットやその他の物を摑んだり、手を勝手に動かしたりしないでください。『霊』が何か歌ってくれと言ったら、どうか歌ってください。会の間じゅう和気あいあいとした雰囲気を保つように努力していただきたいと思います。

現象が起こるという保障はいたしません。すべてのNASの降霊会は実験的なものです。従って、現象が確実に起こると言うことは出来ません。皆さん方が、右に述べたことを守り、実行してくださることが、『霊界』の望むすべてであります。あとは『霊界』と会場の状態にまかせるしかありません。

平成八年十一月一日　翻訳、作成」

こうして一週間にわたる英国「ノアの方舟協会」の公演がスタートした。降霊会の参加人数は一回四十名までと英国側から制限されたため、心霊協会関係者の中で人選を行ったが、一回の会費一万円にもかかわらず希望者が多く、選に漏れて口惜しい思いをした会員も何人かいたようだ（後に私が関西支部に行ったときに、大阪の人から残念だったと言われたことがある）。選ばれた参加者たちは、キャビネットを前に円陣をつくって、新たに買い込んだ二十脚を含む四十脚の椅子に坐った。キャビネットの両側のいちばん近い座席に坐ったのはジョージ・クランレイと私で、ジョージはキャビネットの中の霊媒コリン・フライに何かが起こった場合に助ける役、私は、出てくる霊の通訳である。

ジョージの役割に不安を抱いた日本人司会者から、公演中彼を椅子に縛っておいたらどうかという提案が出され、私がそれをジョージに伝えると、彼はあっさり承知した。そこで白いたすきで彼を椅子と一緒にぐるぐる巻きにし、その先を後ろに座った司会者が握った。電灯が消されると参会者たちは手を取り合って、歌を歌った。英国側は、念のために、彼等が降霊会で歌う歌を録音して持って来ていたが、日本側はそれを断って、日本の民謡「螢の光」、「春が来た」、「幸せなら手をたたこう」を繰り返し歌った。ただし「バイブレーション（波動）」を乱すのを警戒して、「手をたたく」ことはしなかった。

しばらくすると、地面の割れ目から洩れてくるようなうめき声が聞こえ、それがだんだんと大きくしっかりした人間の声になっていった。この経過は前章の英国での降霊会でお馴染みだが、今回も同様であった。降霊会は一日おきに三回行われたが、どれもだいたい同じような趣向だったので、ここでは変わったことだけを書く。

第一回目は、先ほども言ったように、会場の左手の窓に僅かな光の漏れがあるのが、最初に出てきたマグナスという霊によって指摘され、会場の係によって修理されたが、十分でなかったと見えて、マグナスは会の間じゅうキャビネットのそばから先に進むことが出来なかったということがあった。そのほかのプログラムはいちおう予定通りに推移したものの、マグナスは霊界側の司会者であり、スポークスマンなので、会場を回って参会者からの質問に答えるはずだったが、その役を十分にこなすことが出来なかった。そのため第一回目の降霊会は、失敗とまでは言えないものの、その後の二回に較べると十分であったとは言えなかった。

三、成功した二回目の降霊会

最も成功したのは二回目であった。これはジョージ・クランレイが帰国後発行した、「ノアの方舟協会」の会報（ニューズレター volume. 5 78/79 issue, jan/Feb. 1997）の中で彼自身が認めているもので、「物理霊能の、いや、スピリチュアリズムの、歴史の中でもユニークなものだ」と言っている。ちなみにジョージ・クランレイは南アフリカ出身で、南アフリカでは数多くの心霊現象が起こるらしく、彼も経験豊富である。彼がよく話すのは、自分の死んだ伯父が物質化して現れ、握手したところ、手を握ったまま伯父が「溶けて」消えていくのを目撃したということだ。彼はその後、心霊研究に打ち込むようになり、「ノアの方舟協会」の創立者の一人となった。

さてその二回目の降霊会だが、今度は光が漏れることもなく、マグナスはじめ出てきた霊たちも、こちらの事情に慣れてきたとみえて、それぞれの出番を楽しみ、サービスも怠りなかった。ここで言っておきたいことは、日本の降霊会とまったく違って、イギリスの霊たちは、降霊会に集まった者たちをエンターテインしようというはっきりした意図をもっているということである。この「ダイヤモンド・グループ」が特にそうなのかわからないが、彼等は地上の人間を啓蒙しよう（霊的に覚醒させよう）という計画によって組織され、指導者（＝司会者、ここではマグナス。第一章に述べた「ホーヴの降霊会」の時は、フェリックス）によって霊たちの出入りを取り仕切り（出たがる霊が多いので交通整理が必要らしい）、一方、キャビネットの中で失神状態にある霊能者（コリン・フライ）の健康状態に配慮するのである。といっても、マグナスやフェリックスが最高の指導者というわけではない。彼等の背後には所謂「高級霊団」というグループがあって、それにはまた指導者がいて、その指揮の下に地上人類に対するさまざまな行動計画を立案し実行するらしい。つまり霊界には人類専門の対策集団というものがあるようである。

四、「インペレーター・グループ」

こういう高級霊団には先例がないわけではない。十九世紀後半にスピリチュアリストとして活躍したステイントン・モーゼズ（SPR〔Society for Psychical Research 心霊研究会〕創立メンバーの一人で、後に脱退して「ロンドン・スピリチュアリスト同盟」の初代会長となり、現代までも続くスピリチュアリズムのオピニオン雑誌「LIGHT」を創刊した、牧師で霊能者だった人物）の自動書記による霊界通信の発信元が、「インペレーター」と呼ばれる高級霊とその集団であったことは心霊研究史上有名なことだ。

この「インペレーター・グループ」はステイントン・モーゼズの死後、レオノア・パイパーというアメリカ人主婦の背後に現れるようになった。この女性はウィリアム・ジェームズによって見出された霊能者で、霊能者のインチキを暴くので有名となり「SPRの審問官」と言われたリチャード・ホジソンによって徹底的に調べられたが、遂にいかなる不正も発見されず、かえって調査者のホジソンがスピリチュアリストになったという曰く付きの女性で、ホジソンが改宗した原因の一つが、パイパー夫人の背後霊団となった「インペレーター・グループ」の訪問を受けるようになったからだと言われている。ちなみに、前述のモーゼズの場合、後の研究者の調査によれば（モーゼズは誤解を恐れて生前には公表しなかったが）「インペレーター・グループ」のメンバーには、マラキ、エリア、ダニエル、バプテスマのヨハネなどの旧約、新約、聖書中の人物たち、ソロン、プラトン、アリストテレスなどの古代の賢人たち、ロバート・オーエン、ベンジャミン・フランクリンなどの近代の碩学などが含まれているという。

それからほぼ百年が経っているからなんとも言えないが（もっとも霊界には時間が無いから百年など問題にならないかもしれないが）、この「インペレーター・グループ」と今回のノアの方舟協会の「ダイヤモンド・グループ」との間にはなんらかの関係があるかもしれない。或いは同じものだろうか。彼等は、ここ百年間の霊能力者不毛の歳月を経て、再びコリン・フライという、彼等の人類計画遂行に強力な協力者を見つけたのかもしれない。

もう少し脱線させてもらうと、こういう演出化された劇場エンターテインメント風の降霊会は昔はなかったと思う（「昔」というのは十九世紀後半から二十世紀後半に至るまでだが、寡聞にしてそういう文献を読んだことがない）。おそらくごく最近のことであり、ひょっとするとコリン・フライの専売かもしれない。時代の要求に合わせて霊界の方も演出を考えているのだと考えると、なかなか面白いが、十九世紀後半に盛んだった霊の完全物質化を含む物理霊能が過去百年間ほとんど姿を消していたのは、人間達がそれに対してあまりに懐疑的であり、霊界側が意図した霊的啓蒙の効果がなかったからだと言われているので、どうして最近またそれを復活させるようになったのかという疑問は残る。おそらく霊界の方も効果的な手段を模索中であり、少なくとも人間界との交流の火種は絶やすまいとしているのかもしれない。いずれにせよ、英国の霊媒達はそれぞれショーマンシップをもっていて、われわれ日本人にしてみると、「神や仏の世界のことをこんなに軽々しく扱って」と、苦々しく思う向きもあるかもしれないが、これが英国霊能界の伝統なのである。

五、フランシス・ガム（ジュディ・ガーランド）

というわけで、コリンの降霊会は賑やかに始まり、賑やかに終わった。ホーヴの時もそうだったが、今回も最初にフランシスが出て「虹の彼方に」ほか数曲を歌った。相変わらず驚くべき声量のソプラノで会場を圧倒したが、音程がなかなか安定しない。調子はずれなところも前と同じである。読者は納得するかどうかわからないが、スピリチュアリズムの著名な研究者であり、啓蒙家でもあったアーサー・フィンドレーのベストセラー『エーテル界の縁で』という本によれば、霊の「直接談話」の場合は、エクトプラズムによって造られた声帯を使う、つまり模造品を使って声を出すそうなので、そう考えればフランシスが調子はずれなのも納得がゆく。だが、彼女が生前ジュディ・ガーランドという大歌手であったということを聞くと、なんとも気の毒なという気はする。フランシスのフルネームはフランシス・ガム（Frances Gumm）

と言って、これはジュディ・ガーランドの本名なのだそうである。そう聞けば、生身の人間でも出ないと思われるほどの声量の豊かさと、独特なしなやかな歌い方に、『オズの魔法使い』で聴いた「虹の彼方に」を思い浮かべないこともない。ジョージ・クランレイによれば、彼女は今回の東京公演のために、いつもとは違う二、三曲を用意して来て歌ったらしいが、ジャズ・ヴォーカル音痴である私にはまったくわからなかったことは残念だった。

セックスとアルコールに溺れ不幸続きだった晩年を、睡眠薬の過剰接取で突然終えた彼女が、こうやって元気に歌っているのを、娘のライザ・ミネリあたりに知らせてやったらどうだろうかと、ある日ジョージに話したことがあった。彼は首をひねって、それは無理だろうという顔をした。確かに、考えてみれば、「あなたのお母さんは霊界でも歌っています。会いに来ませんか」という通知などもらって、そう簡単に出かけて行こうと思う人間などいるだろうか。有名人であれば、なおさらである。新聞に書かれて、妙な噂を立てられたり、金儲けのタネにでもされたらたいへんだと、警戒するに違いない。確かにそうだが、久しぶりに娘に会ったら、いつもは歌ばかり歌っているフランシスが、どんなことを言い出すだろうかと、一度会わせてみたい気はする。

六、マグナス、写真を撮る

二度目の降霊会が大成功だったのは、マグナスが会場に置いてあった使い捨てカメラを使って写真を撮ったことに表れていた。幽霊が写真を撮るなどとは、十九世紀末に降霊会が盛んになって以来初めてのことだったに違いない。前代未聞と言っていい。英国の降霊会（ホーム・サークル）ではブリキの「トランペット」、鈴、人形、画用紙にペンか色鉛筆、ぐらいが定番で、使い捨て（disposable）カメラを置こうなどという発想は、カメラ好きの日本人ならではのものだろう。

例によってマグナスが参会者たちの質問に答えていたときに、ジョージの耳に突然マグナスの声が聞こえた。

「ジョージ、これから起こることを心配しなくていいからね」

彼はその声がキャビネットの中から聞こえたと、前述の「会報」の中に書いている。キャビネットの中では他の者の声もしたと言う。その後直ぐに、キャビネットの前でカメラのシャッターの音がし、一瞬部屋全体が明るくなった。私もその場にいたから、その光景は覚えている。手を繋いだまま半ば唖然とした顔顔。ジョージの会報の中にその写真が載っているので、確かめることが出来る。なにしろ誰もが降霊会の始まる前に、光る物は絶対に持ち込まないようにと厳重に注意されていたのだ。

私はとっさに、

「コリンは大丈夫か」

と訊くと、

「彼はエクトプラズムで幾重にも包まれているから大丈夫だ」

という声が返ってきたことは前に述べた。

マグナスは三度シャッターを切った。

ジョージによると、最初シャッターを切った後で、

「さあ、次はどうしたらいいんだ」

という声が聞こえたという。もっと写真を撮りたいのだが、フィルムの巻き上げかたがわからないらしい。それから少ししてフィルムが巻き上げられ、赤いランプが点滅し、シャッターが切られた。ジョージによると、その時「キモト」という日本人がマグナスに使い方を教えたという。降霊会が終わり、ホテルでコリンと二人きりになった時に、コリンを通してマグナスから聞いたのだとジョージは言った。「キモト」というのは亡くなった写真家なのだろうが、心当たりのある方はいるだろうか。

こういうふうに霊人同士が話し合っているらしいのを、私もキャビネットのカーテン越しに

聞いている。何を言っているのかわからないが、複数の人声がするのだ。さらに、カーテンの裾が揺れ、人が出入りする気配が二、三度あった。直ぐそばに坐っているので、足元の空気が揺れるのだ。コリンが手足の革ひもを解いて出てきたのだろうという可能性は、降霊会が終わった後も依然として厳重に椅子に括り付けられ、憔悴しきった彼の様子からは、とうてい考えられない。ジョージも紐で椅子にぐるぐる巻きにされ、紐の先は後ろの日本人が握っている。とすると複数の人間の会話は、誰がしているのだろうか。

マグナスは三回写真を撮った後、

「もう、これ以上はだめだ。エクトプラズムがどんどん薄くなってきている。これ以上やったらこのボーイ（コリン）に火傷をさせてしまう」

と言って、カメラを私の膝の上に置いた。

その日の彼の出番はそこまでだったが、彼は写真を撮る前に、主催者の日本心霊科学協会理事長の塩谷博士と握手したり、参会者たちの質問に答えながら、その前を歩き回って、肩や手に触れたりしている。

七、チャーリーとさまざまな現象

マグナスの後に出てきたのはチャーリーという、第一章でもお馴染みの少年である。霊界からの出演者の中では彼がいちばん楽しい時間を過ごしたに違いない。なにしろ遊ぶ物が床一面にあったのだ。

彼は動き回りながら、ときには歌を口ずさみ、口笛を吹き、花束や人形を参会者の膝の上に載せたり、「トランペット」を振り回して闇の中に青白い弧を描いたり、鈴を持ち上げて振ったり、ときにはウクレレを鳴らしたこともあったが、演奏は出来なかった（花を参会者の膝の上に置くのはマグナスもしたことだ。ある女性の姉だったか、妹だったかが出産すると告げて、そのお祝いに、女性の膝の上に花束を載せた）。

また、チャーリーもマグナスも、プラスチックの半球の中に置かれた帳面に、チャーリーは赤の、マグナスは青の色鉛筆を使って、署名した。テーブルに接着剤で貼り付けられたプラスチックの半球は引きはがされ、そのバリバリという音が、私は通訳していたので気がつかなったが、装置を考案した者には聞こえたという。どうやってプラスチックの球の中から画用紙や鉛筆を取り出すかが関心事だったが、引きはがすのなら人間でもやれる。ちょっと残念ではあったが、縛られていた二人の英国人でないとすると、誰がやったのか、やはり不思議である。しかもチャーリーとマグナスの署名は斜交いに重なっていて、一方は稚拙、一方は達筆で、書体も明らかに違う。

そのほかの実験用具についても書いておこう。

盆に入れた片栗粉の上にはマグナスのものらしい大きな手形がついていた。後でジョージとコリンとがそれぞれ自分の手形を押して見せたが、それらよりも大きいものだった。

粘土には指形がついていたが、指紋が採れるほどはっきりしてはいなかった。

盆の上に置いてあった果物のうち、リンゴはそのままだったが、バナナは皮が剥かれ、食いちぎられていた。食いちぎられた部分についての報告はない。

木の輪については、三度目の会の時に、ジョージがチャーリーに輪を繋げて見せてくれと頼んだそうだ（会報に書いてある）。会が終わり明るくなってから見ると、輪同士が繋げられていたのではないが、後ろにいる日本人と一緒にジョージが結びつけられていた紐の中間あたりに、暗闇の中でどうしてこんなふうに出来たのかわからぬ複雑なやり方で、いくつもの結び目を作って絡みつけられていた。

この紐については前にも述べたが、ジョージは次のように書いている。

最初の会でチャーリーが出てきた時に、「この紐をなんとかしてくれ」と心の中で頼んだ。すると、二つの手が優しく彼の体から紐を持ち上げ、外してくれた。部屋に明かりが点いてから振り返って見ると、紐は後ろの日本人の首に巻き付いていたという。

八、コリンと怪現象

こういう奇怪さに負けずとも劣らなかったのは、降霊会が終わったときのコリンの状態だった。三回とも椅子に結わえ付けられたままの失神状態だったが、二度目（マグナスが写真を撮ったとき）には、会の終わりに「どーん」という、物同士がぶつかったような大きな音がした。急いで明かりを点けると、キャビネットの中からコリンが椅子ごといなくなっている。一同騒然となると、

「ここにいるぞ」

とキャビネットの後ろからジョージの声がした。行って見ると、キャビネットの背後から一メートルぐらいのところに、キャビネットに向かって、椅子の上で意識を失い、うなだれたコリンがいた。その様子は、初めに椅子に坐った時とは少し違い、両脚が前に揃って出ているのではなく、椅子を跨ぐように曲げられて、肘掛けのアームの下から両側に突き出ていた。しかも左右の足首は依然として椅子の両脚に括り付けられていたのである。

どうしてコリンは椅子ごとキャビネットの後ろにいたのか。椅子に括り付けられたままコリ

ンが歩いて行ったとは思えないから、次の推測は、霊たちがキャビネットからコリンを椅子ごと担ぎ出し、後ろへ運んだというものである。それならキャビネットから出るときにカーテンが揺れたり、キャビネットのそばに腰掛けている者に動勢が感知されたはずだが、誰も気付いた者はいなかった。後からジョージがコリンを通してマグナスから得た情報では、キャビネットの背後の板を非物質化して、椅子に坐ったままコリンを通過させたということであった。

また三度目の時は、キャビネットの中には居たものの、逆方向に椅子に跨り、意識を失ってうなだれた首を、いまにも窒息しそうな様子で椅子の背に引っかけ、両脚は肘掛けのアームの下から外側に突き出し、しかも両足首は椅子の脚に結ばれていた。その上、着ていたカーディガンが前後反対に着せられ、しかもなお両手は革の手錠のようなもので結びつけられていたのである。われわれ観客はただ、驚き、笑い、写真を撮って、それでおしまいにしてしまったが、これなど、もっと真剣に考えるべきことだったかもしれない。

いったい誰が、こんなことを、このもの静かな青年にさせたのだろう。実はコリン・フライはただ失神したふりをしていただけで、部屋の明かりが消えて暗闇になると、俄然目を輝かし、手錠や脚の紐を外し、カーディガンをボタンを掛けたまま頭から脱ぎ、それをまたすっぽり後ろ前に着てから、椅子に反対向きに坐り、両脚を再び椅子に縛り付け、両手には手錠を掛ける、そうして首を椅子の背から突き出して失神したふりをすれば、一丁上がりだ、ということならば、確かにあり得ないことではないかもしれないが、それなら、それ以前のさまざまな霊たちの活躍ぶりはどうなのか。次々と出てきては、精一杯歌い、朗々と喋り、トランペットや鈴を振り回したり、花をばらまいたり、絵や文字を描いたりした後、疲労困憊し、失神した霊能者へ瞬時に変身することなど、とうてい一人の人間の出来ることとは思えない。しかも彼は何年もの間、延べ千人を超える人間の前でやってみせて、まだ一度もボロを出したことはない。降霊会が終わった後、明かりが点いた時に目にするコリンの哀れとも言える状態は、とうてい人を騙そうとする悪意の華々しさとは結びつかないのである。

こういうことがあった。

一週間にわたるプログラムを終え、コリンとジョージと私と三人で一緒に食事を取ったときのことだ。ジョージが私にこう言った。

「キヨ。きみはいつ死んでもいいね。あの世に行ったら、マグナスが通訳に雇ってくれるよ」

降霊会の最中、なにかというとマグナスが、

「ミスター・キヨ」

と私を呼んで通訳させたのをからかって言ったのだ。

「そうだな。死んでも失業の心配はないね。安心して死ねる」

私は笑って言った。

すると、コリンが心配そうにジョージを見て言った。

「死ぬなんて、そんなこと言っちゃキヨが可哀想じゃないか。彼はまだまだ死なないよ」

私は六十六歳だった。西洋人の目から見れば五十歳代半ばに見えたろう。私はジョージの冗談はむしろ嬉しく、ほんとうに霊界に行ったらマグナスの通訳をやってもいいと思ったぐらいだった。今度の降霊会を通じて、霊界は私にとって非常に身近なものに思われてきていたのだ。

コリンの懸念は私にとっては意外だったが、それだけに、子供のようにムキになって言う彼に純情さを感じた。心の優しい青年だなと思った。霊界と親しい霊能者でありながら、いや、そういう立場にあるからこそだろうが、死というものを重大なこととして受け止めて、たとえ冗談でも軽々しく口にすべきことではないと思っている。そういう気持が伝わってきた。

実は、最近のことだが、「サイキック・ニューズ」に出ていたコリンのインタビュー記事を読んだ時に、彼が若い頃、経験のある女性霊能者の許で修行したことが書いてあり、心に留まった一節があった。彼が許されて初めて公衆の前で透視能力を披瀝したときのことである。次々と目の前に浮かぶ霊的な事象を、それに関係のある人たちに語り続けると、誰もが「そのとおりだ」と言った。持ち時間が終わり、満足したコリンが、師匠の霊能者から褒め言葉を期待していると、

「あんなみっともない（disgraceful）デモンストレーション（霊能実演）は見たことがない」

と言われた。

もっと、一つ一つの事柄について、関係者に寄り添って問題を深めてゆかなくてはいけない。

立派な霊能者になるには、人々の喜びと苦しみとの両方を知る必要がある。ただ与えるメッセージが多ければいいというものではない。一つ一つのメッセージにどれだけ心がこもっているかということが大切だ、と言われた。今自分（コリン）は、若い霊能者たちに、身内の親しい者が死ぬとか、子供が死んで悲しんでいる母親を知っているとか、自殺した友達がいるとか、そういう場合に、悲しみや苦しみを共に感ずることこそが大事なのだと言っている、とあった。東京での彼のことを思いだし、なるほどと思ったのである。

九、マグナスの役割

東京での降霊会は大成功だったが、それは日本で初めての外国霊団による公演だったからということが大きい。譬えは悪いが、外国で評判のナイト・ショーの一座がやって来て、日本人が見たこともない演技を披露した。やる方も、見る方も、初めての体験に興奮したのだ。しかし演し物の新鮮さは初めのうちだけである。幸い三回の公演に集まったのは、毎回ほとんど新しい観客ばかりで、彼等が退屈することはなかったが、演じる方はいつも同じメンバーである。この繰り返しの退屈さを救うのは司会役のマグナスの役目なのだ。立役者はマグナスであって、霊界からのさまざまな情報を伝えることが彼の役目であり、それがこのショーの真の狙いなのである。歌を歌ったり、トランペットや人形を振り回したり、鈴を鳴らしたり、絵を描いたりするのは、観客を惹きつける余興、サービスであって、霊界認識の足しにはなるが、このショーを地上への贈り物とした霊界のお偉方の最大の目標ではない。私はそう思う。

というのは、三度目の会が始まって間もなく、マグナスが私にこう言った。

「今日は前回ほど調子は良くないが、我々はベストを尽くす。そこで皆に訊いて欲しい。霊界からのメッセージを聞きたいか、それとも現象を見たいか」

マグナスにしてみればいつもより短い時間を有効に使いたかったのだろう。私が翻訳して皆に伝えると、異口同音に、

「現象」

という声が上がった。声というより歓声である。

「わかった。それなら後はチャーリーに任せよう」

思い切りよくマグナスは言うと、それっきり彼の気配は消え、チャーリーの甲高い賑やかな声が響いて来た。

マグナスの引き際の潔さの中に、なにか物足りなさを感じた私は、ふと、マグナスは、自分の出番であるメッセージ役を期待していたのではなかったろうかと思った。

日本人達の反応は当然なものだ。意味の分からぬ言葉の連鎖や、それが日本語に訳されるのを待つもどかしさ。暗闇の中でじっと待っているよりも、光る物体が闇を横切ったり、天井近

くで鈴が鳴ったり、得体の知れない手が頬を触ったり、耳元で不思議な声が囁くのを聞いたりする方が、よっぽど面白い。それが生まれて初めての体験ならなおさらである。しかし、それならマグナスでなくてもいい。元アメリカの女性歌手や悪戯好きのチャーリーで十分である。「チャーリー、後はお前に任せる」でいいのだ。

降霊会が家族を中心とした「ホーム・サークル」として、毎回同じメンバーが集まることを前提として発展してきた、英国ならではのあり方を感じさせたことであった。

十、余録・カーディフでの出来事――霊のおそろしさ

これから述べるのは、東京でのノアの方舟協会公演の余録とでも言うべきことである。

降霊会の無い日は、コリンは午後から日本心霊科学協会の二階ホールでトランス・トークを行った。これは昼間の明るさの中で行われ、一人千円の入場料さえ払えば誰でも参加出来た。

最初のトランス・トークに私も出てみた。三十人ほどの人たちを前に椅子に坐ったコリンは、目をつぶって精神統一をし、一分も経たないうちに入神状態となった。そうして先ほどまでとは違う声と話しぶりで喋り始めた。

その日は、最初にマグナスが出て二、三の質問に答えたが、どんな内容だったか、今はまったく覚えていない。次に人物が入れ替わって、それまでの堂々たるヴィクトリア朝英語から、フランス語訛りの訥々としたブロークン英語に変わった。後でジョージから聞いたところでは、名前をアンリ・ル・テアル（Henri Le Téale）というフランス人医師で、第二次世界大戦の時にパリで対独地下抗戦（レジスタンス）に参加し、ゲシュタポに捕らえられて殺された人だという。

彼は（といってもコリン・フライだが）、目を閉じたまま聴衆の中を歩き回り、誰彼となく人のそばに立ち止まって、その頭に手を翳したり、聴診器を当てる様子をしたり、試験管らしいものを振ってみせたり、指でつまんだ何かを振りかけたり、注射器で注射するふりをするなどし、その間さまざまな診断や処方をする。ちょこまかと歩き回り、忙しそうに動く様子は、いかにも小柄で精力的なフランス人の男を彷彿とさせた。

私はその日はただ様子を見るために行ったので後ろに控えていたが、ル・テアル氏は最後に私のところに来て、頭に手を翳したり、何かを振りかける様子をしたりしてから、

「水を飲みなさい」

と言った。

「コーヒーやティーはダメだよ。心臓をどきどきさせたり、反対に動悸を抑えたりするのはよくないだろう？　え、そうじゃないか」

とぶっきらぼうに、突っかかるような口調で言った。

私はその頃不整脈に悩まされていた。なにかの拍子に突然脈が速くなるのだ。最初の時は地震かと思った。書斎の椅子に坐っていて、周りを見回したが何も揺れているものはなく、椅子の下を覗いても変わったことはない。原因は自分の体だと気がついた。その後は、そんなに激しくないこともあり、五分ぐらいもすれば収まったが、やがて二、三日も続くようになった。そうなると胸が落ち着かなく、体全体がふわふわして、気分が甚だ悪い。一分間に一八〇回、普通の人の三倍の早さの脈拍で、全速力で走っているのと同じ状態らしい。その割には疲れないし、医者に言わせると、これで死ぬことはないと言うが、なんとなく不気味で、そのうち息尽きてバッタリゆきそうな気がした。

ル・テアル医師の診断を受けてから、私はコーヒーとお茶の類（緑茶、紅茶）から遠ざかり、そのかわりに湯を飲むようになった。「水を飲め」と言われたものの、水はどうも苦手だ。よっぽど喉が渇いていないとおいしいと思わないが、湯だと、お茶代わりに飲んでおいしいと思うことがある。「お湯」と言わずに「白湯《さゆ》」と言うと上等な響きがあり、昔の武士が「白湯を所望」と言って、お湯を飲んだり、飯にお湯をかけて食べたりしたのは、お湯のおいしさを知っていたからだろうと思った。また、「アーユルヴェーダ」というインド古来の医学では、健康のためにお湯を飲むということを友人から聞いたし、中国人の知人からも、お湯を飲むのは健康にいいと言われたこともあり、「水（ウォーター）」は「お湯（ホット・ウォーター）」でも同じ「ウォーター」だと勝手に解釈して、お湯を飲むようになった。

それからほぼ一年後の平成九（一九九七）年九月に、私はジョージから招待を受けて（といっても旅費はこちら持ちだが）英国のカーディフという港町で行われた「ノアの方舟協会」主催のセミナーで話をすることになった。私の他に講師が三人いて、その中の二人はＳＰＲ（第一話参照）の現職と元の会長、後の一人はスコットランド心霊協会の会長だった。私は霊能の使い方と瞑想法との、日本と英国での違いについて原稿を書いて持って行き、それを読んだ。

カーディフのホテルに着き、セミナー参加の記帳を済ませてからロビーでのレセプションに出ると、一年ぶりにジョージとコリンの懐かしい顔に出会った。誰もが手に紙コップを持って話していて、私も飲み物を勧められ、コーヒーの入った紙コップを、誰かの親切な手から渡された。飲まないで済ませることも出来たろうが、せっかくもらったのだし、ここは英国だ、楽しむことにしよう、と勝手な理屈を付けて飲むことにした。実は、それまでにも、いつも白湯ばかりだったというわけではなかった。だいたい外に出て白湯をもらうことは難しく、訪問先やレストランなどでは茶の出るのがほとんどで、ときにはわざわざコーヒーを作って出してくれることもある。そういう時に

「お湯をください」

とは言いにくいし、敢えて湯をもらうときには、いちいち自分の心臓の状態を説明しなければならない。「お薬を飲むんですか」と言われる場合もあり、説明がさらに複雑になる。お湯はおいしい、などと言っても、納得してもらえることはあまりない。従って、繁雑さを避けるた

めに、出された茶やコーヒーをだまって飲むことはよくあったし、だんだんとそれに慣れて、前ほど気にならなくなっていたのである。

セミナーは二日目にあって、どうやら無事に私の出番も終わり、翌日の最終日にはコリン・フライの降霊会があった。もちろんこれがセミナー参加者の最大のお目当てで、私にとっても、ひと仕事終えた後のくつろぎの時間となるはずだった。

ホテルの一室をいつものように真っ暗にし、参会者全員が歌を歌って始めた降霊会に、最初に出てきたのはお馴染みのマグナスだった。彼は例の太いしっかりした声で皆に挨拶しながら、

「今日は特別のゲストが来ているね」

と言い、ジョージがSPRの新旧会長たちやスコットランド心霊協会会長、それに私を紹介した。私は久しぶりに出逢った懐かしさから、

「ハロー・マグナス。東京であなたの通訳をしましたよ。覚えていますか」

と声を掛けた。

「覚えているとも」

マグナスは即座に答え、次に私の意表を突くことを言った。

「私の友達のル・テアルから聞いたところでは、あなたは彼が言ったことを守ってないそうだね」

私はそれが「水を飲め」と言われたことだと即座に理解した。とたんに、しどろもどろにな

りながら、

「飲みますよ。これからきっと水を飲みますよ」

と言った。マグナスはなにか冗談めいたことを言ったようだが、私にはそれを理解する余裕などなかった。頭に浮かんだのは、先ほどホールで再会を喜び合った時にコーヒーを飲んだことだが、確かにコリン・フライと二言三言話したものの、人混みの中で彼が、私が持っている紙コップの中身に特に関心を持ったとは思えないし、だいいち一年前にル・テアルが私に言ったことなど、どうして覚えているだろう。ル・テアルが話しかけたのは私だけではないのだ。まして、その後私が日本で何を飲んでいたのかなど、どうしてわかったのだろう。マグナスが当てずっぽうで言ったとは思えない。

「神様はお見通し」という言葉があるが、その通りだと思った。霊とのやりとりは真剣勝負だ。人間同士のように、その場を取り繕ったり、心にもないことを言ったり、いい加減ではすまされない。怖いと思った。

その後、私がまじめに、コーヒーや茶を絶って湯を飲み始めたのは言うまでもない。ところがそれから十一年を過ぎた今は、コーヒーこそ飲んでいないが、緑茶と紅茶は毎日飲んでいる。白湯は薬を飲むときぐらいにしか摂らない。朝、我が家は玄米菜食が主だが、朝食を済ませた後で、羊羹とか和菓子の一片（甘みを添える程度の量）と共に緑茶を味わったり、昼食に木の実入りのパンやジャムを付けたトーストに添えて香りの高い紅茶を飲むのは、老後、時間にゆとりが出来て味わうようになった楽しみである。

ところで、個人的な打ち明け話になって恐縮だが、カーディフから帰って間もなく、小水に行く回数が増え、尿が出にくくなった。医者に行って調べてもらうと、前立腺肥大だと言われた。ちょうど、緑茶や紅茶を再び飲み始めた頃からである。緑茶や紅茶は前立腺肥大に関係ありますかと医者に訊くと、ありません、と一笑に付されてしまったが、飲み物と関係がある体の不調だけに気になる。幸い癌にはならないようだが、前立腺自体はだんだんと大きくなり、今は常人の五倍の大きさになっているという。夜は二度ほどトイレに起きるし、乗り物に乗る時には飲み物は控えるようにいつも気を配らなければならない。日常のことなので、かなり厄介である。

一方、心臓の方は三度の外科治療（カテーテル・アブレーション）を経て、どうやら不整脈は姿を潜めている。この治療は、不整脈を起こす電気信号を発する部位を六十度ぐらいの熱で灼いてゆくものだが、いっぺんに全部灼くと心臓に負担がかかる。三度もやり直したのはそのためだと医者は言うが、見逃したところがまだ一箇所残っているそうだ。どうして見逃したのかわからないが、モニター画面を眺めながら探してゆくのは、それほどたいへんなのだろう。あと一回治療すれば完全に治ると、医者はもう一度やりたそうだったが、それほどつらい治療ではないものの、十日も入院する煩わしさと、どうせ行く先長くないのだからこのぐらい良くなればいいではないかという無精な考えから、お断りした。そのうち見逃したところや治療したはずの神経回路が元気を取り戻して、また不整脈が起こり始める可能性はあるらしい。

問題は前立腺だが、ひょっとするとこれは、緑茶と紅茶を飲むことに対する霊界からの警告ではないかと、ふと考えたりする。科学的には根拠の無いことだと思いながらも、科学が役に立たない世界を見てきた者としては、何とも言えないところである。

（このエッセイを書いたのは平成二十年頃で、現在の私の健康状態は変わってきている。心臓は、ときどき軽い不整脈が起こるが、ほぼ小康状態を維持している。肥大した前立腺は切除した。）

第四話　盛岡の霊能者たち

一、ルルドの水

第一話で、私がイギリスで出遭った「ミシマ」の話を確めるために盛岡の霊能者を訪ねた話を書いたが、たぶん読者は、それがどんな霊能者なのか、どれだけ信用出来るのか、お知りになりたいだろうと思う。

印象に残っていることを一つ書こう。今から七、八年ほど前に、私はサイババの紹介者として知られている青山圭秀さんから、小瓶に入れたルルドの水を頂いた。彼はヨーロッパを霊的な視点から廻るツアーの責任者となってフランスとスペインの国境に近いルルドに行き、そこで泉の水を小瓶に詰めたか、詰めてあったのを買ったかして、その一つを送ってくださったのである。ご存知だと思うが、ルルドは十九世紀の半ば過ぎ頃、ベルナデッタという村娘が洞窟の傍で聖母マリアに何度も会い、その言葉も聞いたということで有名になった場所で、その洞窟から湧き出た泉に治療効果があるというので、多くの人たちが水を求めて集まるようになったといういわれがある。

私はその小瓶に詰めた水を盛岡の霊能者、小原さんの許に送った。誰がどうしてそれをくれたのか一切言わず、ただ、体にいいというのでもらったものだが、どういう素性の水であるか調べて欲しいと手紙に書いた。一種のテストである。失礼な話だが、外国では珍しいことではない。腕時計とか指輪を渡して、それの由来や由緒を調べてもらうサイコメトリー（物品鑑定）という心霊術もある。私も以前、韓国で買った仏像を小原さんに調べてもらった前例もあるが、今回はこっちが知っていてのことだから、テストと言っていいだろう。

数日後に送られて来た小原さんの手紙には、Aさんが霊媒になって（水を）「みた」とあり（前章でも述べたが、小原さんが「さにわ」としてお弟子さんに念を送り、入神に導き、その口からいろいろなことを聞くのである）、その時、子供が出てきて（Aさんの口を通して）自分はルルドの泉から来た妖精だが、この地でしばらく遊んでゆきたいと言ったという。Aさんは五十歳ぐらいの主婦で、夫と共に剣道を学び、四段か五段の腕前だと聞く。彼女の入神中に出てくるのは地球外の存在であることが多く、いつもははっきりした素性を告げることが少ないのだが、今回は「ルルド」とはっきり言った。もう一度言うが、私は「ルルド」とか、それを暗示するようなことは一切知らせていない。「体にいい水」とは言ったが、そう言われている水は日本にだってたくさんあるはずだ。「富士山の水」とか「雲仙の水」とか言うことだって出来る。

この「テスト」の結果、小原さんのグループに対する私の信頼が強められたことはいうまでもない。

二、お弟子さんたちと降霊の仕事

信頼感が増すと共に、最近気が付くことは、仕事が早くなったということだ。小原さんが印を結んで、合わせた人差し指をお弟子さんの額に向け、念を送ると、数秒後にはお弟子さんの頭が微かに垂れ、何かが消えたように表情が翳り、永遠の穏やかさとでもいうような静かさが、目を閉じた顔に宿る。こうなると、そばで何か言おうが、カメラのシャッターを押そうが、録音機を廻そうが、まるで顔の扉を閉ざしてしまったように反応しなくなる。だが小原さんが、

「どなたですか」

と言うと、ほとんど間髪を入れずにお弟子さんの口から、いつもとは違うすこしくぐもった声が出てくるのだ。

それは、誰々を出してください、と頼んだその「誰々」の声だが、こんなに早く出てきていいのだろうか、まるでそばで待っていたみたいだ、もうすこし勿体ぶって出てきた方が本当ら

しく見えるのではないか、と思うほどなのである。もっとも、依頼者に縁のない霊や、霊界に行ってまだ目覚めていない霊の場合などのように、相手によっては難しい場合もあるが、近縁の者ならほとんど百発百中出てくる。

昔、といっても私が知り合った二十五、六年前のことだが、その頃はもっと手間がかかった気がする。狐霊とか蛇霊とか、或いは恨みを抱いて切腹した侍などの浮遊霊が出てきて、先ず彼等をどうにかしなければならなかった。そういう初歩的な仕事を「掃除する」と言うのだということは前に話したが、その「掃除」の段階を彼女たちは見事に通り抜けて、今ちょうど熟練期にさしかかっているのだと私は見ている。

私はだから、霊的な問題が起こると、彼女たちを頼ることにしている。といっても、自分のことで行くことはあまりなく、何かの問題を調べるために行く。前回お話しした三島由紀夫の問題などその一例である。誰かと一緒に行くことが多く、自分一人で行くことはまず無い。それでも、必ず自分に関することが出てくる。霊の方で私が来るということがわかっていて、待ってましたとばかりに出てくるのだから仕方がない。

先日は伊勢へ行った後だったが、伊勢からずっと付いてきたという狐霊が出てきて、私が伊勢でやった悪戯を、あんなことをするんじゃない、危ないところだった、と咎めた。伊勢に泊まった晩に、一緒に行った友人が、英国の降霊会はどういうふうにやるのかと訊くので、試しにやってみせたところ、おかしな霊が出てきたのである。悪戯心でそういうことをやってはいけませんと、後で小原さんたちからも叱られた（自分が霊のことについてはまだまだ幼稚園の段階であることに気が付いたが、そういうことを教えてくれるところがあるということは、ぼくにとっては幸いである）。

ここで読者の皆さんにも一言注意しておきたい。皆さんの中にはご自身や、或いは身内の方などが、おかしなことを言ったり、したりして困っている方があると思う。いわゆる「きつね憑き」と言われるものだが、「憑いた」悪い霊を取ってもらおうと、霊能者の許へ行く場合が多い。私も何人かの人から霊能者を紹介してもらいたいと言われて、紹介したことがあるが、これがそう容易なことではない。出来物を取るみたいに、「はい、これで取れました。今晩からゆっくり眠れますよ」というわけにはゆかないのだ。憑いた霊に、「こんなところにいても仕方がないから、もっといいところに行って自分を高め、楽しく暮らせるようにしなさい」と説得し、霊が納得していったんは去って行ったとしても、しばらくするとまた戻ってくるのだ。それは憑く側に問題があるばかりでなく、憑かれる側にもそれなりの事情があるからだ。一番の問題は、こうであってはいけない、という本人の自覚が足りず、従って、なんとしてもよくなろう、という強い意志が無いことである。悪い霊に憑かれる人には、最初からそういう気持の欠けている人が多い。そういうことをよくよく理解した上で、霊能者のところに行くべきなので、何回行ってもよくならないからあの霊能者はダメだ、というふうに簡単に考えてもらっては困るのである。もっとも霊能者によっては、そんなに困難なことだということを言わずに、金儲けのために何度も来させる者もいるかもしれない。霊の問題というのは恐ろしく複雑で、我々日常人の意識をはるかに超えているということを、まず頭に置いていただきたい。孔子が「怪力乱神を語らず」と言い、道元が霊について語ることを厳しく誡めたのも、この世界のおそろしさを十分知っていたからこそである。

三、小原さんの生い立ちと守護霊

小原みきさんは花巻の農家の出で、幼い頃から火の玉を見たり、夢で見たことが実際に起こったりした。霊能者には珍しいことではないが、ちょっとおもしろい話なので紹介する。火の玉を見たのは十歳の頃で、姉や従妹と遊んでいたときに、その土地の産土《うぶずな》の神を祀る八坂神社から、昔「明神さん」と言われていたお寺のあったあたりに、火の玉が飛んで行くのが見えた。遊び仲間の従妹にそれを話すと、従妹は家に帰ってからみきの母に、この子はヘンなことを言うと告げた。母はヘンなこととは思わなかったらしく、みきさんに、花巻の町に物知りがいるから、どういうことなのか訊いておいでと言った。みきさんが「物知り」と言われている霊能者のところに行って話すと、それは、天皇が戦争に行くので、八坂神社の祭神である素戔嗚尊《すさのをのみこと》が加勢しに駆けつけたのだから、お酒をお供えしなさいと言われた。家に帰って母と相談し、一升瓶を八坂神社に奉納したら、その年の十二月八日に日本は太平洋で戦争を始めた。

みきさんは、親に言われた相手と結婚したが、間もなく別れ、理容師の免許を取って自立した。二十代後半のことである。そのうち夢で見ることが当たるようになり、夢日記をつけはじめた。ある時近所の娘が流産する夢を見たので、娘に会った時にその話をすると、相手は隠そうとするので、悪いことを言ったなと後悔したが、次に会うと、「実は……」と向こうから言い出して来た、というようなことがあった。

やがて雑誌を通じて日本心霊科学協会の存在を知り、盛岡支部の会員となる。支部長の推薦で東京本部の「心霊治療講習会」に参加。その縁で、協会の長老である大西弘泰氏から「勉強会」に出るように誘われ、「さにわ」としての訓練を受けた。小原さんの霊能力は本部でも認められたが、「さにわ」に適すると判断したのは、自分もさにわだった大西氏であった。心霊科学協会の監事を務めたこの大西という人物は、私が日本の心霊事情について学ぶきっかけとなった人でもあり、小原さん同様、私の心霊の先生である。彼については後でゆっくり述べるつもりだ。

大西氏の薫陶をうけて「さにわ」の腕を磨いた小原さんにとって幸運だったのは、地元の協会支部に来ていたH・M子さんに出逢ったことである。「さにわ」は霊媒を導く役であるから霊媒無しにはやって行けない。M子さんは私もいままで何度も会ったが、いかにも東北人らしい辛抱強さと穏やかな包容力を秘め、霊媒に必要なエネルギーをたっぷり持っているように思われるどっしりした体格の女性である。相性がよかったとみえて、彼女とコンビを組むことによって小原さんの「さにわ」としての実力も、M子さんの霊媒としての能力も伸びて行った。ちなみに、M子さんの得意な分野は霊視、特に故人の霊視で、「背後霊を見てもらうならH・Mだ」と師匠格の大西氏は言っていた。

彼女を中心として、その後小原さんの許に集まる霊能者も増え、現在では、先ほど「ルルドの水」のことで紹介したA・Cさん、子供好きで小さい子などがよく出るM・Kさんなど、総数四、五人がいる。

ここで小原さんの支配霊（見守る相手の人間の能力、技能などを助ける霊）について一言。およそ八百年前に奥州藤原氏建立の毛越寺《もうつうじ》に居た「蓮恵尼《れんけいに》」という尼僧だという。毛越寺は小原さんの住んでいるところからそれほど遠くないところにあるから、そこに仕えた尼僧が守護霊になったのは地縁だろうか。昔は五百余の堂塔を擁し「海内無双《かいだいむそう》」と言われた大寺だったらしいが、今はだだっぴろい池ばかりが印象に残る淋しい寺である。

背後霊を教えてくれたのは、協会の東京本部の霊能者だが、小原さんはその後で急に毛越寺にお詣りしたくなり、行ってみたところ、「ここだ、ここだ」という声がする。どこから声がするのかわからないので、写真を撮って帰り、現像して見ると、石が一つ光っていた。これだろうと思い、その石を拾ってきて庭に置いてある。蓮恵尼が乗り移った石として大事にしているそうである。

蓮恵尼は生前治療をよくした人だそうで、小原さんのところに治療してもらいに来る人の体の悪いところを教えてくれたり、自然にそこへ手が行くようにしてくれる。また、降霊のときなど、霊媒を通じていろいろな情報をくれたりもする。

背後から指導してくれる霊は一体だけではないのが普通だが、小原さんの場合も、他に「花園こずえ」という徳川初期の女性や、高野山の坊さんなども出て来て手伝ってくれるらしいが、いずれにしても神社や寺に関係のある霊たちばかりである。

四、ピエロの絵

最近、と言ってももう十年以上になるが、小原さんの身に起こったおかしな話を一つしよう。平成十年十月三十日の朝七時二十分から三十分ぐらいの間のことだそうである。あまりに印象が強かったので小原さんは、日付もその時の光景と共にはっきり覚えている。小原さんがいつものように自宅の奥の間で神棚にお参りをし、次に観音像に手を合わせようとすると、キッチンの方で何か音がした。お参りが終わって、行ってみると、テーブルの向こう側の椅子と壁の間に色刷りの紙が落ちて挟まっている。一枚拾い上げると、まだある。全部で五枚あった。縦三十五センチ、横十四センチほどのカラー印刷されたもので、五枚とも同じピエロの絵である。地球か星を思わせる球の上で、ピエロが片足を上げて踊っていて、口からト音記号やさまざまな音符が飛び出している。ト音記号の先端には花が咲いている。全身の衣装は赤、緑、黄に彩られ、水玉模様や星の模様が一面にある。ピエロの湾曲した腹の前の空間には小さく三日月と太陽が描かれていて、全体を眺めると、地球の精であるピエロが宇宙空間で歌っているというふうに見える。そしてどういうわけか絵の左下が、5枚とも斜めに切り取られている。

誰が置いて行ったのだろうと考えたが、朝早いので玄関に鍵もかかっているし、新聞はまだ新聞受けに入ったままだ。誰も入って来なかったとすると、今朝の物音は何だろう。

小原さんはまず近所の人に訊いてみたが、誰もピエロの絵などは知らないという。あまり訊いて廻って変だと思われるのもいやだと、次に、岩手日報社に勤めている知人に電話し、最近ピエロの絵を新聞に挟んで出したことはないか訊ねてみた。ない、ということだったが、事情を話すと、それなら印刷会社の社長に紹介するから絵を持っていらっしゃいと言われ、翌日社長に紹介された。社長が言うには、これは四色刷りのかなり高度な印刷で、紙も、自分のような小さい印刷屋ではあまり使わない良質なものだ。切り口も鋭く、鋭利な刃で切られていることがわかる、ということだった。

小原さんは師匠の大西弘泰氏に電話して、その意見も聞いた。大西氏は紙問屋として産を成した人である。彼は、紙は多分上質のアート紙だろうと言い、心霊家には不思議なことが起こるものだよ、五枚とも大事に持っていなさいと言ってくれた。

それから十数年が経つが、今に至るまで絵を置いたという人は出てこない。私は小原さんの交友関係はよく知らないが、彼女の周りにいる人たちは東北の実直な人々ばかりで、悪戯に絵を投げ込んでゆくような人は思い当たらない。

ここで一言。

心霊現象に「アポーツ（APORTS）」という、どこからかわからないが物体が現れるという現象があって、十九世紀の末に自動書記で有名だったイギリスの牧師スティントン・モーゼズは、自動書記が始まる前に机の上に宝石類が十字に並んだという話があり、日本でも昭和の初め頃或る霊能者の許に仏像が何体も出現したというのを読んだことがある。私自身も、先述の大西弘泰氏から、ラインハートというアメリカ人霊能者が日本心霊科学協会で霊能力を披露したときに、口から出たという宝石類の中から、瑪瑙《めのう》を一つもらって持っている（大西氏の話ではこの実験の時は、ざらざらと宝石類が出たという。会が終わると、あっという間に出席者に持って行かれたそうだが、彼は三つ貰い、そのうち一つを小原さんに、もう一つを私にくれた。三つとも瑪瑙である。こういう宝石類の出所については、海賊が隠していたものだとか、難破して海底にある船の積荷の中から出たものだとか言うが、それは単に話をおもしろくするためのことだろう。もし誰かの所有物だとすると、盗難届が出るはずだが、そんなことは聞いたことがない）。

というのが大体の話だが、仮にピエロの絵が「アポーツ」だとしても、それで謎が解けたわけでない。いや、謎は深まるばかりである。どうして小原さんのところに現れたのか、なぜピエロの絵なのか、地球の上で踊っている構図は何を表しているのか、口から音符が飛び出しているのは何を意味しているのか、歌ならば、なぜ歌うのか、どうして同じ絵が五枚もあるのか、それがみんな左下の隅が三角に切られているのはなぜなのか、等々。この謎はまだまだ続きそうだ。

ここで章を改めて大西弘泰氏について書くつもりだったが、もう少しこの章を続けることにする。というのは、前の部分を書き終わって一日経った今日、「サイキック・ニューズ」十一月七日号が送られてきて、それにモーリス・バーバネルの書いたアポーツについての記事が、最後の一面に大きく載っていたからである。昨日私はアポーツについて書きながら、実際には自分にそれほどの知識が無く、特にアポートされた物品の出所については噂程度のことしか知らなかったので、少々残念に思っていたのである。そうしたら、今日、この記事が届いた。まさに「天からの贈り物」である。

こういう「贈り物」をもらったことは、いままでに一度や二度ではない。今回もそうだが、そういう時に私は、「ああ、また手伝ってくださったな。ありがとうございます」と礼を言う。誰かが見守って、手伝ってくれている気がするのである。

こういうふうに何か思ったことがなんらかの形で実現することを「共時性」または「シンクロニシティ（synchronicity）」と言い、研究書もあり、それについては章を改めて述べるつもりだが、今その例が一つ現れたことは、この本を書いている身にとってはありがたいので、さっそく利用させてもらう。

まずモーリス・バーバネルという人物についてだが、彼は二十世紀の初めに生まれ八十年近い生涯を送った、トランス・トーク（霊言）霊媒であると同時に、「サイキック・ニューズ」の創刊者であり、主筆として、四十年以上に亘ってスピリチュアリズムの運動に貢献したジャーナリストでもある。彼の「霊言」を通じて「シルバー・バーチ」と名乗る人物から送られてきた談話が、長年「サイキック・ニューズ」紙上に掲載され、その後まとめられて何巻もの本となり、多くの人に今も愛読されていることはご存知の方も多いだろう。

ところで今回送られてきた「アポーツ」についての記事は、彼自身の霊能力に関するものではなく、彼が出席した降霊会でのことである。キャスリン・バーケル（Kathleen Barkel）という霊媒の、ホワイト・ホーク（White Hawk）という背後霊が、ときどき降霊会の出席者に贈り物をくれたことを書いている。

そのやり方をバーバネルは詳細に述べているが、細かいことは省略して言うと、降霊会の最中に霊媒（キャスリン）が立ち上がり、片手を空中に上げて握りしめる。呼ばれた者がその拳の上下に両掌を椀と蓋のようにかざすと、やがて下の掌（椀）に何かを感じ、それがだんだん重さを増して物体になる、というものである。このことは数多くの列席者のために何回も繰り返される。窓にブラインドを下ろしただけの部屋の中で行われるので、全体がよく見えるし、降霊会を行う前には霊媒の体も、部屋の中も捜査しておくので、詐欺の入る余地はないという。これは一種の「マテリアリゼーション（物質化現象）」で、参会者が両掌を霊媒の拳の上下にかざすのは、霊の物質化現象の際にキャビネットを使うのと同じ原理だそうだ。大西泰弘さんが「ざらざらと出てきた」と言ったラインハルトの場合とは違うように見えるが、原理は同じだろうと思う。

出て来た物質はホワイト・ホークの場合も宝石類だったそうで、細かく言うと、琥珀《こはく》、ルビー、アメジスト（紫水晶）などの半宝石類のほか、銀の台座付きサファイア、九カラットの金に嵌め込まれた翡翠のイヤリングなどもあったという。当然出所が問題となり、参会者がホワイト・ホークに直接糺したそうだが、こういうところなどはイギリス人らしく遠慮が無い。ホワイト・ホークの答えもおもしろい。最初は、「オランダに宝石の大きなコレクションを持っている男がいるが、その量はだんだん減ってきている」と言い、参会者を爆笑させた（オランダはダイヤモンドの取引や研磨などで有名である）。「その男の損失を償ってはやらないのか」と訊く者があり、ホワイト・ホークは「彼の顧客を増やしてやっている」と答えて、また笑いを誘った。こういうやりとりがイギリスの降霊会の楽しいところで、背後霊にもよるが、ホワイト・ホークは特に陽気で冗談好きだったらしく、モーリス・バーバネルによると、この点が彼が口を借りて喋っているキャスリンの気質とは大きく異なり、彼女と同一人物ではないかと疑う者に対する明白な否定の答えになっているという。この後でホワイト・ホークは、実は自分が出した宝石類はすべて失われたものばかりで、誰も返してくれと言う者はいない、と言ったという。またこういう説明もあったが読者には受け入れ難いだろう、とモーリス・バーバネルは次の話を紹介している。

宇宙の自然の精たちが宝石などを見つけると、仕舞い込んで容易に他の者に渡そうとしない。そこでホワイト・ホークは彼等に甘言を使い、油断させて、宝石を取り上げるのだと。またある時は宝石ではなく、エジプトの古い猫の彫像を出して列席者に与え、これは第十三王朝のもので、自分は古代エジプト人の友達から貰ったものだと言ったという。

モーリス・バーバネルがホワイト・ホークから貰った物の中でいちばん大事にしているのは指輪だそうで、その理由は、このアポーツ現象が真実性の高いことを証明する価値ある品物だからだという。この指輪は女性用のウェディング・リングで、ホワイト・ホークの言うところでは、スピリチュアリズムについての本を書いた著名な作家のデニス・ブラッドレー（Dennis Bradley）からのものだという。指輪の裏には確かにブラッドレーの「B」のイニシャルと「Perardua ad astra」の文字とが彫ってある。このラテン語はRAF（英国空軍）のモットーだそうで、その意味は「星に向かって（Towards the Stars）」ということだそうだが、この「Towards the Stars」という言葉は、実は、デニス・ブラッドレーを有名にした最初の著作の題名なのだという。

なんだか話がこんがらがっているように思えるだろうが、これは霊界通信などでよくある謎遊びの一つのようだ。英国空軍のモットーと思わせて、じつはブラッドレーの本の名前だと悟らせる。ブラッドレーの著作を知らなければ思い至らないだろうし、ラテン語がわからなければ「英国空軍」はおろか、ただの謎である。こういう、「霊界」をひっくるめての遊びは二十世紀の初頭に流行ったが、「霊界」のブラッドレーもそれを楽しんでこの指輪を作ったのかもしれない。

話が脱線したが、いかにも英国らしい、遊び心のある霊界話として受け取っていただければと思う。

第五話　狐霊退治の名さにわ・大西弘泰

一、出会い

私が大西弘泰さんにお会いしたのは昭和五十七（一九八二）年夏のことだから、今から三十年ほど前のことになる。当時私は生田の明治大学工学部で英語を教えていて、同じキャンパスにあった農学部と工学部の学生たちが作っていた「超常研究会」というサークルから頼まれて顧問をしていた。そのサークル活動の一つとして、日本心霊科学協会を通じて、大西さんに心霊研究の手ほどきをしてもらうことになったのである。

夏休みに私は学生たち十数名を連れて清里にある大西さんの山小屋風別荘を訪れた。大西さんは霊能者の中戸永子さんを呼んで、霊査（一人ひとりについて霊的な見地から意見を言うこと）をしてくれた。中戸永子さんと私が会ったのはその時が最初で最後だったが、もうかなりのお歳で、長年霊能者として的確な霊査をすることで知られ、特に大西さんの話では「背後霊を見ることが上手」だということだった。日本心霊科学協会の霊能者の中では、大西さん同様長老格だったようだ。

先ず全員が座敷に車座になって坐り、「統一」という瞑想状態になる。中戸永子さんはその一人一人の前に坐り、霊感によって受けた言葉を鉛筆で藁半紙に書いてゆく。一通り終わると、藁半紙を見ながら、一人ずつ内容を説明する。

私も学生たちもこういうことは初めてで、私もそうだったが、みんな面食らったのではないかと思う。学生たちは「ピラミッド・パワー」だとか「スプーン曲げ」だとか、彼等が学園祭で取り上げる当時流行の現象を期待していたのではないかと思うし、私は私で、英国で見た透視（千里眼）や死者の絵を描く「サイキック・アート」のようなものが頭にあったので、こういう、普通の主婦が思ったことを紙に書くだけの、「超常」ではなく「通常」現象は予期していなかった。したがって、「これがあなたの守護霊です」と言われて、幾つか名前が走り書きされた藁半紙の一枚を渡されても、「そうですか」と言って眺めるだけだった。

この時渡された紙には次の名前が書いてあった。

木村常陸之介

原田大隅

供海坊

吉野の山に住む仙人

リチャード

そのどれもが私が初めて耳にする人物で、中戸さんの説明によれば、木村常陸介は「故あって今は表立つこと出来ぬが、いずれわけを申そう」とのことで、原田大隅については説明無し。供海坊は修行者だが、どうも天狗らしいとのこと。吉野の山に住む仙人は名乗らないからわからない（吉野山は桜に覆われて見えたのだろう）。リチャードは名（ファーストネーム）らしく、姓（ラストネーム）を言うのだがよく聞き取れなかったと中戸さんは言う。私が外国で十年ほど暮らした間に、英語の勉強その他、いろいろ手伝ってくれたという。

その後、歴史事典などを引いて調べたところ、はっきりわかったのは「木村常陸介」だけで、この人は豊臣秀吉に仕えた武将だった。数々の武功を立てて大名となり豊臣秀次の家老を命じられたが、その補佐に不届きな事があったとして、秀次が処刑された時に責任を取って自害させられた。それで「故あって表立つこと出来ぬ」という理由はわかったが、どうして私の守護霊になったのかは未だに不明で、「いずれわけを」明かすことも今に至るまでない。ひょっとすると豊臣秀次補佐不行き届きの件は冤罪で、それを私にはっきりと世間に伝えて欲しかったのかもしれない。関白秀次の指南役を言いつかったくらいだから、単に武勇にすぐれていただけではなかったろう。この人の息子が講談本などで名高い木村長門守重成で、沈着、剛胆で思慮深いという講談本の話を信用するならば、その父親である常陸介も相当な人物だったのではないだろうか。

次の原田大隅は「大隅」という名からして九州あたりの豪族か大名だろうが、正体不明。心当たりの方があったら教えていただきたい。供海坊、吉野の山の仙人、リチャードに至っては手がかりすら無い。しかし、私は禅をやったり、仙人や天狗の世界に興味を持ったり、中学生の頃から英語が好きだったりしたことを考えると、修験者や仙人、また英語を母国語とする人間が背後にいてもおかしくない。初対面の中戸永子さんがそこまで感じたとしたら立派なものだ。もっともその後、私の背後霊はすっかり変わってしまったようである。

そういうわけで私と大西さんとの出会いは、日本式の降霊会（霊査）との出会いでもあった。

その日はもう一つ記憶に残ることがあった。降霊会が終わって帰ろうとした時、私の車がどうしても動かなくなり、大西さんの別荘に泊まらなければならなくなったことである。私は車を家の前の空き地に置いてあったのだが、草の茂る窪地に前輪が入り、草で滑ってどうしても脱出出来なくなったのである。学生たちはみんな帰ってしまい、私だけが暗闇の中で車を発進させたりバックしたりしてエンジンの唸り声を上げ続けた。外に出て調べても、ヘッドライトがただ前方を照らすだけでは、穴の様子はよくわからない。周囲は深い闇の森の中である。そのうち大西さん夫妻が懐中電灯を持って出てきて、明日の朝になればなんとかなるだろうから、今晩は泊まって行きなさいと言われ、ほっとして、明るい家の中に入った。

翌朝、近くに落ちていた木の枝を幾つか拾ってきて、車輪の前に差し込み、アクセルを踏んだら、窪地から簡単に抜け出すことが出来た。

その後、大西さんのお宅に伺うと、ときどき似たようなことが起こった。だれかにいたずらされているような気がするのだ。あるときは、車で帰る途中、近道をしようとしたら、警察の「ねずみ取り」に引っかかり、夕刻の一定時間は使用出来ない道だと言われて、罰金を払わされたこともあった。たまたまそういうことが起こったにすぎないのかもしれないが、大西さんが「狐を出すのがうまい」と言われたり、「狐しか出さない」と悪口を言われたり、本人も、「狐を使っている」というようなことを言うので、何か起こると、それに結びつけて考えてしまうのかもしれない。

二、生い立ち

狐の話は後ですることにして、ここで大西さんの生い立ちを書いておこう。以下は大西さんから直々の聞き書きだが、何年も前のことなので、間違っているところもあるかもしれない。

大西さんは鳥羽の出身で、曾祖父が江戸に住む漢学者だったそうだが、廃藩置県の後、鳥羽に移り、医者になったという。だが、どういうわけか、父親の代はうどん屋になっていて、三歳の時に宇治山田の雑貨商大西家に養子に出された。小学校三年生の時に友達と一緒にこっくりさんをやってみたら、本当に動き出したので、怖くなって止めたが、これが心霊の道に入る最初の出来事だったという。小学校を出てから商業学校に入ったが、勉強は得意ではなく、とくに英語が嫌いで、中退した。しかし、簿記とソロバンはしっかり習った。手を動かして何かを作ったりするのが好きで、商売人になりたいと思い、東京に奉公に出ることにした。養家からは、一本立ちの商人になるまでは、家の敷居を跨ぐなと言われた。

最初に丁稚奉公をしたのは深川の呉服商だった。十六歳の時である。

大正十一年の八月半ばのこと、不思議な体験をした。結婚式に使う白扇（どういう物か、どうして呉服商で扱っているのか、聞き漏らした）を拡げて、筆を持ったところ、自然に手が動いて、最初の一コマ（たぶん竹骨の入った、折れ目と折れ目の間）に「地が割れる」と書いた。翌日、また拡げて筆を持つと、今度は「大火起こる」という字を書いた。三日目は「人大勢死ぬ」。そんなふうに毎日書き続け、表八コマ、裏八コマを全部書き終わった日、大正十一年九月一日に、地震が起きた。関東大震災である。彼は火の中を、越中島の先の埋め立て地から門前仲町、商船学校へと逃げ、最後は川っぷちに出た。もうこれで行き止まり、一生の終わりかと思ったら、眼の間にダルマ船が一隻来て、船長らしい男が、乗れと合図した。船は対岸に行き、やっと猛火から逃れることが出来た。

呉服屋修業はそこで終わった。

次は印刷屋である。それが彼のその後の生業《なりわい》となり、財を成すに至るのだ。

ライスカレーが十銭だったころ、月給一円で印刷所の職工としてスタートした彼は、印刷機械を操作することに興味を覚え、やがて、紙の「メ」を大事にしたり、紙の性質に逆らわないことなど、いろいろな紙の扱いに習熟し、さらに紙の仕入れの方法、問屋との付き合い方、資金のやりくりなど、短時日のうちに商売のやり方に精通するようになった。

それには、彼らしい天賦の商才と、震災の時に遭遇したような運の良さが働いていた。たとえば、上野にあった豊文館という、地図を主とした出版社で働いていた時のことだが、社長が釣り好きで、社員達に仕事を任せてよく釣りに出かけた。ある日のこと、釣りを終えた社長が料亭で飲んでいたところ、脳溢血の発作が起こって倒れた。会社の経営に支障が生じるようになり、間もなく紙屋から紙が廻ってこなくなって、手形の不払いも起こるようになった。それをなんとかして仕事を続けられるようにしたのが大西さんで、紙屋やお得意との交渉に当たったり、注文を取ってきたり、金を工面したりした。彼は支配人に昇進し、彼の働きで三年後には上野から荻原町に移り、印刷工場をはじめとして、社長の住宅、社員宿舎、倉庫まで作ったそうである。まだ二十歳の半ばにも達しない頃である。

後年、彼は、自分には元禄時代の豪商、紀伊国屋文左衛門が背後霊として憑いていると言っていたが、商売のうまさには霊感的なものがあったようだ。なんでもそうだが、単なる努力や才覚だけでは、大きな成功を収めることは難しい。

その後、上野で開催された平和博覧会で毎日二千枚のチラシの注文を受けたり、東武鉄道の車内広告を一手に引き受けたり、専売公社納入のたばこの箱や、全国の呉服屋やデパート用の熨斗、水引用の紙などを手がけたりして、財を成し、東京の浜町に自分の紙問屋、「マルヒロ」を作った。弱冠二十五歳の時である。

その後も団扇やクリスマスのデコレーションを作ったりして大もうけをしたが、彼の作った物はみな一工夫してあって、どれも霊感の所産なのである。例えば、団扇は人形の顔が描いてあって、振ると眼が動く。私は子供の頃、確かに見たことがあるが、黒人の子供の顔にセルロイドの大きな目が付いていていて、振るとクリクリ動き、いろいろな表情になった。大西さんは、これをある晩夢の中で見たと言う。

クリスマス・デコレーションの場合は、紙製のクリスマスツリーだが、彼はこれを折り畳めるようにした。これもヒット商品になった。今でもよく見かけるが、あの始まりは大西さんが考えたものだという。これも彼は夢に見たのである。

南方で戦争が始まった時には、紙の材料のパルプが入ってこなくなり、大西さんもずいぶん苦労したようだが、持ち前の工夫と積極性で道を開き、サイゴンに紙の材料を探しにいったり、航空機の翼に紙を張る仕事を始めたり、「紙のメに逆らわぬ」やり方を社会にも応用しながら仕事を続けた。

もちろん、霊的な方面にも関心を失わず、亀井三郎、津田江山など、当時有名な物理霊媒と親交をもった（第一、第三話参照）。大西さんは特に亀井三郎と親しく、彼を何度も人形町の自宅に呼んで降霊会を開いた。ある日、降霊会中に家全体が地震に遭ったようにぎしぎしと音を立てて揺れ始めた。家の外を通る人が、「おや、家が揺れてる。地震だろうか」と大声で言うのが聞こえたそうである。

　これについて、たまたま『日本「霊能者」列伝』(宝島SUGOI文庫)を読んでいたら、戦後の昭和二十七(一九五二)年に満州から引き上げてきた亀井が、東京の「ある心霊研究家の家で」実験を行った時に、「今、皆ヲ驚カス事ガ起キル」という声がするや否や、「家全体がグラグラと揺れ、参加者に大地震かと恐れさせた」という記事があった。この「東京の、ある心霊研究家」が大西さんのことだとすれば、話が合う。

『列伝』によれば「これが実験の最後になり、その後の亀井三郎の行方、生死はまったくわかっていない」とある。亀井は謎の多い人物で、名前の亀井《かめい》も「仮名《かめい》」をもじったものではないかという説があるくらいで、出身地も、生年、没年もわかっていないという。

　大西さんは家督を娘夫妻に譲り、神奈川の愛川町に奥さんのために能舞台を備えた家を建てて移り、また、老後のことを思ったのか、自分の住む町に病院まで作ったが、最後は結局、東京、人形町の娘夫婦の住む家に近い小さな病院で息を引き取った。享年九十歳(大西さんは私がお会いした七十歳台の頃から老けた感じで、八十過ぎてからは腰が曲がって杖を突いて歩いていたこともあって、九十歳台に見えた。それで二、三度、「九十になりましたか」、と訊いたことがあり、亡くなる少し前には、「あなたの言われるように、九十になりましたよ」と言われたので、享年九十歳と思っているのだが、正確ではない)。

最後に、不思議に思いながら、これも心霊研究家にふさわしいことかもしれないと思ったことがある。それは、病床にあった彼の頭に角が生えてきたことだ。正面の頭頂に近い部分に約十センチほどの突起物が出てきたのである。角のように固くはなかったかもしれないが、形から言って、それはどう見ても角であった。「最後に正体を現したな」と私は心中ニヤリとしたが、その「正体」は何なのか、わかったわけではない。ただ、彼の持っていた不思議な力は、やはり人間界のものではなく、異界のものではなかったのかという疑問に答える証拠が現れたような気がしたのである。

家庭医学の本などには「老人性角化性」という名前で、皮膚の一部が変色し、かさぶたが出来たり、いぼ状になったり、ときには「皮角」といって、角のような突起を起こしたりすることがあると述べられている。だいたい白人に多い現象だが、日本人の間にも増えてきているのだそうだ。それほど珍しい現象ではないのかもしれないが、あれほどはっきりと角のようになったのは、珍しいのではないだろうか。

三、心霊の師としての大西先生

私が日本の心霊界を知るようになったのは大西さんを通じてである。私の学生たちを招いて降霊会を催してくださったことは冒頭に述べたが、それ以後も私を盛岡の小原さんの許に連れて行ってくれたり、後で話すが、伊勢、斎宮にある、古神道の神社、禊之宮《みそぎのみや》へ案内してくれたりした。その両者とも今では私の生活とは切り離せない存在になっているので、私の心霊的生活は大西先生に負うところ極めて大きいと言わざるを得ない。

大西さんは私に、「さにわ」になるように何度も言った。さにわの心得を書いた秘伝書のようなものをくれたし、戦後間もなく日本心霊科学協会で、米国の霊能者ラインハート某を招いて降霊会をしたときに、口からおびただしく出たと言われるアポーツ（第四話最終部分参照）の中から、大西さんが所持していた瑪瑙の玉三つのうち一つをくれた（そのうちの一つは小原みきさんがもらった。つまり私と小原さんとは兄弟弟子ということになる）。さらに、病に倒れる前、まだ愛川町に住んでいる頃、先のことを察したのか、自分が大事にしていた、とっておきの心霊写真や降霊会の記録、などを私にくれた。ただ、「あげますよ」と言うだけで、私の形見と思って大事にしてくださいとか、後継者として受け取ってくださいとか、そんなことは言わなかったが、大西さんの気持は私に伝わった。

私は「さにわ」にはなれないと思った。私には大西さんや小原さんのような霊能が無い。大西さんは「狐退治の名人」と言われていて、霊媒に狐の霊が懸かると、「ほら、ほら、尻尾が見えるぞ。隠したってダメだ」とたちまち見破る。小原さんも同じだが、私には何も見えない。ただ、懸かった霊の態度が大きいとか、よく喋るという場合に、こいつは狐ではないかと思うだけだ。そのうえ大西さんは伏見稲荷神社と親しく、御祭神から狐を一匹貸し与えられていたということだ。これは、大西さんが改悛させて稲荷神社に送った狐の中の一匹で、自分が何か所持品を失くしたり、どこかに置き忘れたりした時に、呼び出して使うのである。「太郎坊」だったか、「何坊」だったか、名前が付いていて、呼んでしばらくすると、大西さんを失せもののあるところに連れて行く。こういう便利なのが一匹いるといいなと思ったが、そんな力はとうてい私には無い。

もっとも、大西さんについては、「(降霊会で)出すのは狐ばっかりだ」と悪口を言う人もいたが、私の見たところでは狸もいたし、蛇もいた。しかし、どういうわけか狐が圧倒的に多いのは、これは必ずしも大西さんのせいではなく、日本人の霊界の特殊性によるものらしい。日本全国に稲荷神社はやたらにあるが、狸や蛇を祀った神社などは無いに等しい(蛇は狸より多いが)ことを考えると納得がいく。日本には昔から狐が非常に多かったのだろう。そのうち稲作と結びつけられ、稲作の神様のお使いということになった。

私はむしろ「狐ばかり出す」のは大西さんのさにわとしての庶民的な性格を表していると思う。丁稚奉公からたたき上げた人の、庶民生活の一番低い層に繋がる気持が、狐などの動物霊に対して寛容な態度を取らせたのではないか。動物霊ばかりでなく、浮遊霊や自縛霊など、人間としては最低の状態にいる霊たちに対しても同様である。大西さんは根気よく彼らの話を聴き、慰めたり、叱ったり、ときには脅したりして、彼らがやっていること、また彼らが現在いる状態が間違っていることを悟らせ、よりよい、もっと気持よく暮らせる世界へと導いてやる。これは非常に根気の要る仕事であり、ときには危険な、割に合わない仕事である。霊の中には凶暴なのもいて、さにわに摑みかかるなどして危害を加えようとするし、それによって怪我などしなくても、心身共に疲れ果て、霊からの悪念を受けて寝込んでしまうこともある。これは霊が懸かる霊媒の場合も同じで、一時的にはよくなるものの、長い間には体力を消耗し、命を縮めることが多い。

なんでこんな暇つぶしの他人事を真剣になってやらなければならないのかと、降霊をした後、綿々と続く霊の苦情を聞きながら思うことがあるが、そう思う人間には、さにわの資格は無い。もっとも、これを商売にして大金を得ている者は別だが、そういう者は一時的にはよくても、いずれは霊能が失われてゆき、それを隠そうとして、反って身の破滅を招くものである。本物のさにわは、死後の世界に陰徳を積むことが出来ればそれでいい、ぐらいの気持でやらなければならないと言われるが、実際にはそれさえも余計で、ただ、多くの不幸な霊と接し、彼らが救われていくのを共に体験することによって、霊界の大きな力と、その計り知れない慈悲の奥深さを実感する喜びが、最大の報酬であると言うことが出来るだろう。

私にとって大西さんは別世界の人であった。彼と話をしていていつも感じたことだが、彼の話す言葉が薄い膜のようなものを通して聞こえてくる気がしたものである。「薄い膜」とは何か、と言われれば、答えようがないが、気圧の違う大気圏から聞こえてくるような、もどかしい感じの言葉とでも言ったらいいだろうか。それだから最後になって大西さんの頭に角が生えてきたのを見たときに、やっぱり異界の人だったんだなと、妙に納得したのである。もっとも、晩年には、話す機会が増え、親しみが増したためか、遠くの人と話しているという感覚は薄れていったが、それは私自身が彼のいる世界に近づいたためだったかもしれない。

四、狐霊退治の実例

今から二十年以上も前のことになるが、私と私の家族が自由が丘にあった「レイキ」の先生のところに通って、手をかざして具合の悪いところを治す「レイキ療法」を勉強していた頃のことである。そこによく来る娘さんで、レイキのよく出来る人がいた。ちょっと神経質そうな、痩せた面立ちの、処女らしい清潔な感じのする人で、先生も可愛がって、いずれお弟子さんの中から相性のいい男性を見つけて、一緒にさせてあげようと、すでにめぼしい相手も見つけていたのであった。

ある日、レイキの勉強を終えて帰ろうとすると、先生から「三浦さん、ちょっと」と呼び止められ、相談を受けた。その娘さんについてのことで、いちおう村井美子さんということにしておくが、もともと痩せ気味のその子が最近ますます痩せてきて、何か心配ごとがありそうなので、聞いてみたところ、毎朝早くから目が覚めて、何か書いているのだという。それも、自分が書きたいから書くというのではなく、朝、五時頃になると誰かに起こされたように目が覚め、自然に机の前に行って、鉛筆を取り、紙に書き始める。自分は何も考えてはいないのだが、手が勝手に動いてどんどん書いて行く。文字になって出てくるのは自分の考えではなく、見知らぬ者からの通信で、初めは一人だったが、そのうち何人からも来るようになった。一枚書き終わると、また一枚、という具合なので、最初はノートやルーズリーフのようなものを使っていたが、直ぐ終わってしまい、もったいないので、最近は藁半紙の束を買って来て、それを使っている。最初はおもしろ半分もあって、今度はどんなことが出てくるのだろうと、朝起きるのが楽しみだったが、毎朝のことなのでだんだん疲れてきて、止めたいと思うのだが、止めることが出来ない。それに書くことの内容がおかしくなってきて、この頃はいやだ、いやだ、と思いながら書いている、と言う。

「どんなことを書いているのか」と訊くと、それがたいへんなことなのだ。始めに名乗って出てきたのは、このレイキ療法の創始者だった。彼はこのレイキ療法の大事なことを説き、これによって世の中を救いたいという自分の思いを述べ、レイキを習っている娘さんの熱心さをほめて、今後も続けるように勧めたのである。思いもかけない創業者からの励ましの言葉なので、娘さんがすっかり感激して毎朝熱心に筆写したのは無理ないが、そのうち様子が変わってきた。大先生は娘さんの結婚問題に触れ、結婚するのはよくない、すべてをレイキ療法に捧げて生きて行きなさいと言うようになった。娘さんはすっかり混乱してしまった。すると今度は、先生のほかに、娘さんの亡くなった先祖や親族を名乗る者たちが出てきて、結婚しない方がいいと言い出すようになった。娘さんは今レイキを習っている先生に相談したかったが、あまりにおかしな話なので、作り話と思われるのではないか、頭がおかしいと思われはしないかと心配で、言い出せなかったという。

私は直ぐにそれは「自動書記」だと思った。霊界からの通信と言われるもので、欧米ではA・J・デイビスの『自然の原理』を初めとして数多くの著名な作品が刊行されているし、日本でも浅野和三郎の『小桜姫物語』などが知られている。

私はさっそくその娘さん、村井美子さんと話して、彼女が書いたものを見せてもらった。藁半紙二百枚ほどにびっしりと鉛筆で書いてあって、流れ、踊るような線や、飛び跳ねる点などから、よほど早く書いたのだろうと推測されたが、書体に乱れはなく、文章もしっかりしている。おもしろいことに、通信してくる相手によって書体も違い、文章も変わっている。レイキの大先生の文字は大きくてがっしりしているが、娘さんの姉で、まだ子供だった頃に亡くなったという人が書いて寄越したのは、小さな丸い字で、いかにも無邪気な子供らしい筆跡である。

大先生の文章は、さすが苦労の末に一派を開いた人だけあって、力強く堂々としている。レイキが世の中にどんなに役に立つかに始まって、これをもっと広めたいと思って努力したが、志半ばでこの世を去らざるを得なくなり、残念に思っていたところ、汝のような有能な後継者が見つかり、喜んでいる。果たせなかった自分の志をこの世で行って欲しい。心配することはない。自分が付いていて助けてあげるから、自分の言うようにすればいい。などと、くどいくらいに書いてあって、書き手の熱意が伝わってくる。結婚するなということに関しても、神に仕える清浄な身を保つためには結婚しない方がいいというのは、昔からよく言われていることだし、結婚すれば世事にかまけて、人のために働くことがおろそかになるというのも、そうだろうと思う。すべて道理に合っているように思われるが、結婚したいと思い、内々話も決まっている娘さんにとってはたいへん困ったことであるに違いない。

どうしたらいいだろうか。折角の大先生からの話でもあるし、本人の能力も高く評価してくれていて、こんな話は滅多にないことだから、思い切って大先生の言う通りにやってみたらどうかとも思ったが、それは他人の勝手な思惑で、本人の憔悴ぶりを見ると、そんなことはとても言い出しかねる。だいいち、毎朝早くからたたき起こされて、二時間近くも休みなく書き続けさせられるのにはすっかり参ってしまっていて、一日も早く正常な生活に戻りたいと思っているのは、同情に値した。

そこで私は彼女を大西先生の許に連れて行くことにした。自動書記は降霊会の時などによく使う手段で、霊媒に限らず参列者にもやらせることがよくある。大西老人はそういう時の呼吸をよく心得ていて適切な指示を出すから、今度の娘さんの場合でも、どうしたらよいか教えてくれるに違いない。通信してくるレイキの大先生とも話し合って、娘さんのためになんとかしてくれるのではないか、と漠然と期待しながら、娘さんと、彼女の書いた藁半紙の束を私の車に乗せ、大西先生の住む愛川町に向かった。

その日は不思議な日だった。

出かけるときは穏やかな天気だったのが、青梅街道に入ってから急変した。「一天俄にかき曇り」という言葉がぴったりの空模様になり、強い風が車に向かって吹き始め、ときどき千切れた木の枝や竹の葉などが窓に当たったり、車体を掠めたりした。大西先生のところに行く時はよくヘンなことが起こるが、今回の異常なことと思い合わせて、私はハンドルを握って坐り直した。

大西老人は、娘さんが持ってきた自動書記による紙の束にざっと目を通した後、私と娘さんとを心霊の行事などに使う奥の座敷に案内した。老人は娘さんの前に新しい藁半紙の束と筆記用具を載せた小机を置き、自分は祭壇を背に坐り、両手の指を組み合わせて人差し指の先を娘さんに向け、何か呟きながら念じて、娘さんを軽い統一状態に導いてから、

「書いてごらん」

と言った。

何の抵抗もなく、娘さんは書き始めた。

最初の一枚が終わったので、私が取り上げて、大西老人に見せる。私も一緒に見てみると、例の大先生である。

「このたびは大西老人にお目にかかりたいへん嬉しく存ずる」

というような挨拶に始まって、自分はレイキの創立者であるかくかくしかじかの者だが、今般この娘を自分の後継者として白羽の矢を立てた。なにしろ気持の小さい者なので、自分もいろいろ励ましたりするものの、なかなか本人の決心がつかないでいる。ついてはこの機会に、大西老人にもお力添えいただき、世の中のためになるように、この娘を説得していただきたい、という趣旨。

「気持の小さい者」という言葉は初めて聞いたが、本人がそんなことを言うはずはないから、やはりこれは娘さんとは違った、年功を経た人間の言葉だろうと、そんなところに送信者のリアリティを感じていると、

「あんたはこの娘さんをどうしようと思っているんだね」

大西老人がいきなり言った。

私はその言葉のぞんざいさにおどろいた。相手はレイキ界の大物であり、大西老人に対してもそれ相応に礼を尽くした言葉を述べている。

「朝早くからたたき起こして、毎日こんなことをさせていたんじゃ、この娘さんの体はもたないよ。いいかげんで止めたらどうだい」

すると、藁半紙の上で娘さんの動かす鉛筆のスピードがにわかに速くなった。覗いてみると、

「何を言うか。私は〇〇〇〇、レイキの創立者だ。世のため、人のために、吾が持てる力をこ

の世に広めようと日夜心を砕き、この娘に大きな使命を……」

と、紙に食い込むような激しさで鉛筆が踊り、声にならないじれったさが伝わってくる。目を怒らせた激しい形相さえ見えるようだ。

「娘さんを騙せても、このわしは騙せんぞ。ほらほら、大きな長いものが後ろから出ているじゃないか。頭隠して尻尾隠さずだ」

大西老人は余裕のある態度で、視線を娘さんの背後に向ける。

「何を、この糞じじい。わしを見くびるなよ……」

娘さんは妙齢の女性にふさわしくない言葉を勢いよく書いたと思うと、

「あ、あっ」

と体をのけぞらせ、横倒れに畳に倒れた。眼を見開いたまま、じっと苦しそうに宙を見つめていて、起き上がろうにも起き上がれない様子だ。

大西老人は、騒ぐ様子もなく、立ち上がると、娘さんのそばに来て、私に娘さんを抱え起こすように言い、娘さんが畳の上に上半身を起こすと、後ろに回って、その背中を上下に何度か撫で下ろし、最後に、

「えいっ」

と気合いを入れると、両手でぽんと背中を叩いた。すると、硬直していた娘さんの体が柔らかくなり、

「ふっ」

と息が出た。

大西老人は、台所へ行ってコップに水を入れて持ってくると、娘さんに飲ませ、

「これで気分が落ち着くだろう。奥の部屋に私のベッドがあるから、そこでしばらく休んでいなさい」

と言い、私に支えられた娘さんを、廊下の先にある部屋まで案内した。

*

これが私の見た大西先生狐退治の現場である。私にしてみると大西老人がどうしてこんなに易々と、確信をもって、狐霊だと見破ったのかはわからない。たぶん長年の経験で、朝早くから書き手を起こすとか、毎日執拗に書かせるとか、文章のちょっとした特徴とかに、狐霊らしいものを感じ取ったのだろう。「尻尾が見える」と言った時には、なるほどと感心したが、後になって考えると、一種のはったりかもしれないとも思える。

後で雑談の際に、大西老人は、「動物霊は使い手を容赦なく働かせ、倒れるまで使う」とか、「大きなことを言って威張るのは狐霊の特徴です」とか、「あの連中は、自分たちの力を人間界で発揮したいと思い、隙あらば、と狙っているのです」、とか、「彼らには眷属がいっぱいいて、協力して悪さをする。一家に何匹も巣くっていて、その家に何か事があると、それに乗じて出

てくる。甲羅を経た奴は、それこそ人間など及びもつかない知恵をもっていて、大概の人間はころっとだまされるんですよ。世の中には偉そうなことを言う人間がたくさんいて、みんな自分が偉いと思っているようだが、実は狐霊に操られて喋っていることが多いんです」などと話してくれた。

娘さんはその後、自動書記で書いた藁半紙の束を、大西先生から教わった祝詞を唱えながら一枚一枚焼いて跡形も無く燃やしてから、いっさい自動書記からは手を引いた。書いたものが残っていると霊が寄ってくると、大西老人から言われたからである。それでも夜になると不安になるので、明かりを付けたまま寝るようになった。それは、結婚し、子供たちが生まれて学校に行くようになった今も続いているそうである。もちろん、レイキの先生のお眼鏡に叶った青年と無事結婚出来たのであった。

私は今もときどきこの事件を思い出すが、大西老人の采配ぶりがあんまり鮮やかで、有無を言わさぬものだったこともあって、本当にあのときの通信相手は狐霊だったのだろうか、もしかすると本物のレイキの創立者だったのではないだろうか、と考えたりする。本物のレイキの創立者でもおかしくないほどの内容の文章であったし、その書き方も堂々としていた。かわいそうに娘さんはそれ以来レイキの方からも身を引いてしまったが、あんなことが無ければ、立派なお弟子さんとして、先生の代行も務めるほどの力をもっていたと思う。あれだけしっかりした自動書記が出来たのだから、相当な霊能の持ち主なのだろう。

ところでまた大西老人のことに戻るが、本当は大西老人こそが狐霊の親玉だったのではないか、と思うこともある。それほど、あのときの態度は、日ごろの温和な市井のご隠居風な様子とはがらっと変わって、子分どもを裁く親分のように、確信に満ち、堂々としていた。前にも言ったが、東京下町の小さな病院で最後の日々を送っておられた頃、彼の頭に一角獣のような角が生えてきたのを見た時に、「やっぱり」と、妙に納得したような気持になったのだった。

最後に、大西先生に言われたことで、死ぬまで忘れないだろうという言葉がある。それは私が日本心霊科学協会の役員を辞めた時に言われたものだ。私は協会の役員になってからも、小説やエッセイを書く文学の道との間に揺れ続けていた。どちらか一つを主にしてやらなければアブハチ取らずに終わるという意識に悩まされていた。事実、協会に入ってからは、英国に行ってスピリチュアリストの会合に出席したり、英国の霊媒を日本に呼んで降霊会を開催することなどが続いて、それらはたいへんおもしろく、有益ではあったが、書く方はさっぱりダメで、二年ほどのあいだ何も発表せずにいた。すると、たまたま協会の役員間で内紛が起きて、長引いたので、それを機会に退職した。その時に大西老人から言われたのである。

「協会を辞めたって、心霊は辞められませんよ」

ぐさっと来た。

協会を辞めたら小説に専念しようと思っていたのだ。

その通りに違いない、と思った。心霊は自分のことなのだ。自分の魂の問題である。どうしてそこから離れることが出来るだろうか。それが出来るようでは、いままでいいかげんにしかやってこなかったということになる。

大西老人の言われた通り、今も、かくの如し、である。

第六話　手作りの神社・禊之宮――小さくても大神宮と同格

一、出会い

最初にこの神社との縁を作ってくださったのが、前章でお話した大西先生だった。今から二十年以上も前のことである。ご縁は写真から始まった。ある日、ご自宅に伺った私に、先生は数葉の写真を見せてくださった。

大西さんは自分の心霊遍歴上のさまざまな資料をかなり克明に保存していて、その中には降霊会の記録や録音テープ、写真類などがあった。見せてくださった写真も、彼が黒の厚紙を折り畳んで作った自製のアルバムの中に、撮影時の記録を書き込んで、綴じ込んであったもので、その扱い方から見て、かなり大事にしている様子だった。

写真は現在私の手元にある。大西先生から生前に贈られた遺品の一部である（このことは前章でお話した）。大小取り混ぜて七枚あり、そのうち五枚は平成六（一九九四）年十二月十日に伊勢神宮の外宮の北御門前で夜間写されたものだ。先生の自注によれば、「風宮《カゼノミヤ》様御遷宮直前の参集時の記念写真」とある。

集まったのは白と黒の礼服を着た男女合わせて七名。そのうち参集者たちを撮った小型の写真二枚のほかに2L版の大型写真三枚が問題の写真である。それは一人の女性のために特に拡大したもので、錦糸の裾模様の黒のお召しに、朱色のコートを羽織り、大きな銀狐の襟巻きをした背の高い中年の女性が、外宮の深い暗闇の中に浮かび上がっていた。一枚目では黒い外套を着た小太りの婦人と並んで写っていたが、まるで、較べてくださいとでもいうように、その臈長けた着物姿が夜目にも際だって見えた。

これが最初の写真で、二枚目は一人だけで立っている。ところが不思議なものが映っている。この女性の足下の草履のあたりから肩にかけて、裾模様の朱色がにじみ出たような光の靄がぼんやりと包み、やや横向きにこちらを向いた顔の右後ろの闇の中から光の太い紐が身をくねらせるように女性に近づき、その先が女性の近くで膨らみかけてぷつりと切れたかと思うと、今度は女性の顔の先の闇の中に、青白い幾つかの小さい炎が揺れて重なり合って浮かんでいる。よく見ると、三段階に重なり合った間の黒い部分は、上は目と鼻、下は口のように見える。もっと大胆な言い方をすれば、中国や日本の墨絵画家たちが描いてきた龍の顔に似ている。青白い光の炎の揺らめきは、風に靡く髪であり髭である。まるでこの長身の女性を目がけて一頭の龍が近寄って来て、彼女の横から顔を出し、こちらを窺っているかのようである。

さらに驚くべき事が次の瞬間に起こっていた。

続く写真は連続して撮ったものである。カメラは「コダック・ポケット110」。フィルムは「フジカラー、ASA100」、と書いてある。撮ったのは大西先生の姪に当たる若い女性。

ところが、連続して撮ったはずの写真に、着物姿の女性の姿は無い。そこにあるのは画面の暗闇一杯に乱舞する光の軌跡のみである。光の紐が縦横無尽に駆け回ったという様子で、数本のようにも見えるが、一本だけかもしれない。大小はあるが、近くは太く、遠くになるにしたがって細く、かすれた線となる。近くの太い光の紐には、明るい部分と暗い部分とが交互にまだらについているのが何本か見え、もっとも光の強い、おそらく一番手前にあると思われる光の紐は、強弱の代わりに鱗のような出っ張りが連続して付いている。

どうしてこういう写真が撮れたのか、私にはわからない。私は、ほかにもこんなふうに光が乱舞する写真を見たことがあるが、それは私の友人が田舎の飲み屋で、そこの主人を撮ったもので、どういうわけでこうなるのか教えてくれと言って送って来た。龍はこんな飲み屋にも出るのかと思って驚いたのだが、そこはむかし沼のようなところだったかも知れず、飲み屋のあたりに小さい神社でもあったのかもしれない。

私は「龍」と言ったが、昔からこういう光の渦巻く現象をそう言っているから言ったまでで、確信があるわけではない。しかし、超自然現象であることに間違いはないと思う。あの晩、誰かが、次の写真のシャッターが下りて閉じるまでの一秒の何十分の一の間に、光の棒を持って暗闇の中を光と同じスピードで縦横無尽に駆け回らないかぎり、こんな写真が撮れるわけはない。それにしても、映るべき女性の姿が映っていないというのはどういうことか。光が強すぎるのだろうか。普通なら、写す対象の周囲の光が強ければ強いほど、対象は明るく浮かび上がって見えるはずである。それが逆に消えてしまったというのは、映っている光の次元が、人間の肉体の次元を超えてしまっているからだろうか。その証拠に、光はそこに居たほかの人たちには見えなかったのである。

いずれにせよ、私は、この写真に大きな感銘を受けた。そうして、この光の中央に立った人物を知りたくなった。この方は「神様（超自然の力）」に守られている、というのが私の直感であった。

その方の名は「巽《たつみ》兌子《みちこ》」、伊勢の斎宮《さいくう》という駅の近くにある「禊之宮《みそぎのみや》」という小さなお宮の宮司であった。

私がその方にお会いしたのは、その後、大西老人に連れられて禊之宮を訪れた、今から二十年ほど前のことである。その時にまたたいへんなことを聞いた。宮司の巽兌子さんは明治天皇のお孫さんに当たるというのである。なるほど、それなら龍神に守られているのは当然な話だが、まず、そんなことがあるだろうかというのが、私の率直な疑問だった。戦後「熊沢天皇」という天一坊まがいの騒動があり、皇室の出を名乗ったり、衣冠束帯まで着けて人騒がせなことをする人物がときどき現れて、皇室人気の高いことを示したが、そういう記憶が頭を掠めたのである。

お会いした巽兌子さんは明るくて気さくな女性で、「皇室」だとか「龍神」などの言葉から受ける堅苦しさや厳めしさなど少しも感じさせないが、かえってその開けっぴろげな明るさこそが、高貴な出自の特徴かもしれないと思われるような方だった。その日は午後定例の大祭があるにもかかわらず、奥の座敷で、午前中一時間ほども私の話相手をしてくださった。そこで私はまた、驚くべき事を聞いたのである。

二、禊之宮の由来

禊之宮はもともとこの草深い斎宮の里にあったわけではない。伊勢市の外宮の前に、巽兌子さんの父親の巽幸市、健翁、という方が、三千坪の土地を開いて始めた「大日本みそぎ会」というのが前身だった。今は外宮から内宮へ行く国道37号線に面した賑やかなところで、こんなところに三千坪もの樹木に覆われた聖域があったとは思われず、あったとしても、よくそれだけの土地をこの外宮の真ん前に手に入れたものだと感心するが、それはやはり巽健翁という方の特別な立場がそうさせたのである。この方については娘の巽兌子さんがいろいろなエピソードを話してくださったので、後で紹介する。私が驚いたのは、この三千坪の聖地が健翁先生の死後、役員たちによって奪われてしまったということである。その中心人物は、その後スポーツ競技などの事業によって成功を収め、テレビのコマーシャルに、たくさんの子供達に囲まれた子供好きの幸せな老爺というイメージで世間に知られた人で、いかにも子供や青年の福祉を大事にしていますよというその宣伝が、巽兌子さんから聞いた話とはあまりにもかけ違っていた。その人物の作った財団は現在も青少年の福祉事業や、スポーツ振興のために金を出しているようだが、それは創立者の罪滅ぼしのためではないか、というのは筆者の思い過ごしかもしれないが、慈善活動と創業者の資金作りとはまた別な話ということだろう。

巽兌子さんの話というのはこういうことである。

父の健翁先生が亡くなると、その人物は自分の配下の者と一緒になって他の役員達を仲間に引き入れ、三千坪の土地と施設を自分たちの支配下に置いた。これは「大日本みそぎ会」の財産が個人ではなく、会長を中心とした役員会の管轄するものであるように約款が成立していたから出来たことだろうと思う。巽健翁先生は急逝されたようで、おそらく次期後継者の引き継ぎも満足には行われなかった中で、当時二十歳台前半の若い女性の遺児などは、世知に長けた、やり手の商売人にとっては、簡単に始末出来ると思われたのだろう。

ハゲタカどもが持ち出してきた条件は、巧妙なものだった。土地の管理と運営は彼らが行うが、「みそぎ会」は残して、健翁先生の後継者である巽兌子さんに祭祀などの神事を行ってもらうというのである。つまり、彼らに都合よく利用しようというわけである。一見、いままでのみそぎを中心とした大事な部分は残るように見えるが、彼らの目的は全域を金の儲かる、一種のレジャー施設にしようというものだった。おそらく結婚式場のようなものも含めて考えていたのだろう。それには神社のようなものがあるのは好都合であり、神に仕える若き女性の存在は魅力的だったと思われる。

現在、三千坪の土地は、分割されて商店や事務所、雑居ビルなど、どこにでもある町の一部になっている。結局、彼らのレジャーランド構想は破綻して、土地全体を売りに出してしまったということなのだろう。いったい何のための乗っ取りだったのか。これでは単に土地を盗って売るだけの、誰もがやるケチな乗っ取りでしかなかったということになる。

私はこの場所を見るたびに、長い土塀に囲まれ、松の林が並んで頭を出す閑静な一廓を思い、ここに今でも修練場があって、全国から多くの若者や年配者が集まり、水を被って体を浄めた後、外宮に、また内宮に、お参りする姿を想像すると、欲張りどものやったことがいかに心ない仕業であったかと、空しい思いになる。

若い娘だった巽兌子さんは法廷でこの老練な商売人を、

「悪党」

と何度も言ったそうである。さすがに相手も応えたと見えて、

「お嬢さん。こちらは何も悪いことをしようとしているわけではありません。『みそぎ会』の将来のことも考え、あくまでも法律に基づいてやっていることです。よくよく理解して、『悪

党』などと言わないでください。そうして、私たちに協力してください」と弁護士か誰かに言わせたそうである。

若い娘は自分の節を曲げなかった。結婚式場のお飾り神主になることを拒み、父の残した広大な土地と屋敷から追い出された。彼女を拾ってくれたのは伊勢神宮であった。

伊勢神宮は彼女を舞女取締役として迎え入れた。大学で宮司の資格を得ていたとはいえ、これは若い女性としては特別の待遇だったようである。伊勢神宮も彼女の出生については敬意を払っているのだろう。私たちが彼女と一緒に神宮の参拝に行く時などにそれを感じる。例えば、神楽殿でお神楽を見る（正式には「奉納する」と言う）とき、準備が整うまで待たされるのが、幾つかある待合室の一番奥にある、「総理大臣の通される」という貴賓室である。

三、創始者・巽健翁

ここで彼女の父親の健翁先生のことに触れておこう。以下のことは巽兌子さんから伺ったことであるが、多少の記憶違いもあるかもしれない。

父健翁、幼名幸市は、大正天皇と同じ母親から生まれたということで、普通ならば皇儲《こうちょ》に次ぐ者として大事に育てられるはずであった。ところが顔面に大きな痣があり、その頃の宮廷のしきたりは私などには想像がつかないが、宮中に留めるにふさわしくないという理由で、臣籍に降下された。その頃宮中に仕えていた巽ふでという女性が、たまたま産んだ幸市という幼児を亡くしたので、その子の戸籍に入れられたのだという。

巽家ではおそらく、食事なども別の膳で、親兄弟とは別格に大事に育てられたのだろう。自分の出自は早くからわかっていたようで、幸市少年は生みの親と皇室に対しては大きな不満を抱いていた。実際に明治天皇とは二度ほど宮中でお会いしたというが、親子の情が通ったとは思えない。むしろ不満は燻り続け、学生時代には皇室反対の運動に身を投じて、何度か警察にも捕まった。しかし素性はたちまちにわかり、何度捕らえられても、直ぐに釈放されたという。天皇制反対の不平分子を捕まえたら天皇の子だったというのでは、警察も困ったに違いない。その逮捕—釈放劇の背後にいた人物が、枢密顧問官で宮内大臣や首相を歴任した平沼騏一郎である。この人が後に巽健翁の「大日本みそぎ会」のために書いた「禊祓場」という扁額が、今も禊之宮の奥座敷に懸かっている。おそらく明治天皇の内意を受けて、巽幸市の人生に誤りがないように、蔭になり日向になりして助けていたのだろう。やがて幸市青年は日本を離れて、フランスに留学するが、そのお膳立てをしたのも平沼騏一郎だったという。

フランスに行った幸市青年は一八〇度の方向転換をする。いままでの皇室反対から一転して皇室擁護に変わるのだ。どういう経緯からかわからないが、彼はフランスで日本の神道に思いを馳せ、これこそが自分の行くべき道だと考えるようになる。神道の最大の庇護者であり実践者である皇室が護られなければならないと考えるのは当然の帰結だ。

日本人は海外に行くと愛国者になると言われる。確かにそれまで外国に対して抱いていた幻影が消えて、向こうのいやなところが露わになり、なんだ、これでは俺たちの国と同じじゃないか、いや、俺たちの国の方がもっといいところがある、と思うようになり、そのうち、相手の愛国心と、彼らの他国に対する偏見に触れて、なにを言いやがる、俺たちの国を見損なうな、と思うが、じゃあ、日本の良さとは何かと聞かれると、ちょっと待てよ、と自分のいままでの無知が気になり、勉強を始めるのである。

巽幸市が同じ経過を辿ったかどうかはわからないが、なんと言っても彼の血縁がその自覚を促したことに間違いはあるまい。彼は日本に帰って、教育の道に進み、尋常小学校の訓導をはじめとして各地の学校の教員を歴任し、校長職にも就いたが、一方、古神道の復活者である川《かわ》面凡児《つらぼんじ》に入門して、禊ぎを中心とする古神道の修行に励んだ。そして教職から離れた後、居を伊勢に近い三重県に移し、初めは四日市市、次には宇治山田市の市役所に勤め、十分に土地の情況に慣れ親しんだ後で、外宮の前に三千坪の土地を手に入れ（平沼騏一郎の尽力が大きかったと思われる）、川面凡児ゆかりの「庭内禊」（家の中での禊ぎ）による古神道の普及に乗り出したのである。

四、禊ぎと大祭

私は川面凡児流の古神道についてはまったくの門外漢であるので、口を閉ざすが、禊ぎは、不整脈が激しくなった六十代後半まで数回行ったことがあり、私の乏しい経験から言っても、非常な充実感と高揚感を覚える行である。心身を通して道を覚えるということから言えば、古神道の真髄に迫るには、これ以上のものは無いのではないかと思われる。

禊ぎ以外のこのお宮の最大の行事は、六月と十二月の末に行われる年に二回の大祭で、それぞれ「小祓い」と「火うけ」の二つの神事を続けて行う。この両者にはそれぞれ宗教儀式上の深い意味があると思われるが、私の理解する範囲では、前者は神様をお迎えして、お供物や神楽をお供えして日ごろのご加護にお礼を申し上げると共に、神様のお心を安んじ、さらに今後のご加護をお願いするというもので、後者はやはり神様をお迎えして、その前で、信者達をかたどる人形《ひとがた》と、それぞれの願い事を書いた御幣を、古式に則って作った火によって燃やし、浄める儀式で、前者は一般の神式の儀式、後者は古神道の儀式によって行われる。

特徴的なのは、祭主の巽兌子さんと、笙《しょう》など一部の楽器を担当する人を除いて、祭りを行う他のすべての人が、近隣から集まった大工さんや不動産屋さん、元自治体職員や会社員、家庭の主婦など、一般の人ばかりで、祭りの当日だけ白衣を着、袴を着け、烏帽子を被って神官や神職らしい格好をして祝詞を上げたり、御幣を捧げたり、振ったり、笛を吹いたり、また、女性は白衣に紅袴、瓔珞のついた冠を頂いて、舞ったりする。見ていると、どこかぎこちないが、真剣そのもので、人々の気持が一つになるのがわかって、気持のいいものである。私が、「手作りのお祭り」と言う、手作りの良さの出ている庶民の儀式である。もっとも、古来、神社の神事はそれぞれの土地にゆかりのある祭祀として、土地の人々によって作られ、守られてきたものであるから、今でも日本のあちこちでこのような集まりが見られると思うが、そういう意味でも非常に興味深いお祭りである。

このように庶民的な小さいお宮であるが、宮司さんや信者達の集まりで半分笑い話めいて言われることは、このお宮の格式というか、神社間の序列から言うと、伊勢神宮と肩を並べる地位にあるという。つまり、初代の巽健翁が始めた「神道大和教」という教えは一宗を成していて、どの宗派にも帰属していないために、伊勢神宮や他の大神社と肩を並べるというわけで、私は見たことはないが、実際に、しかるべき公文書にはそのように出ているということである。このお宮の気概が窺えるエピソードと言えるだろう。

五、おみくじ

さて、お宮は徐々に信者を増やしてきている。その魅力の中心はなんと言っても宮司の巽兌子さんだが、それと共に彼女を助け、神職としての重要性を高めているものがある。最近、それを求めて集まって来る人々が増えているが、それは何かというと、おみくじである。「おみくじ」なるものは日本中のあらゆる神社にあると言っても過言ではなく、問題は、当たるか当たらないかに尽きると思うが、この禊之宮のおみくじは、よく当たると言われているばかりでなく、その当たり方に禊之宮らしさがある。

一言で言うと、これも「手作り」なのだ。巽兌子さんの父親、健翁先生が作ったものである。漢籍にも通じておられたとみえて、易経の六十四の卦に基づいて、一番から六十四番までのおみくじを作ったと言われる。おそらく、易の自然観を借りてきて、それにご自分の考えを当てはめたのではないかと思われる。どのおみくじにも必ず自然の光景が引用されていて、例えば、「大きな湖水が山のくぼみに出来ていてきれいな水が満ちていて周りの山々は木々の影を映して互いにしたしみとけ合ってゐて少しのむりもなく……」という具合であるが、易経の厳しい言葉遣いとは違って、日本風に優しく、分かり易く書かれている。

さらにこのおみくじを身近なものにしているのは、そこに書かれていることを宮司の巽兌子さん自身が説いて、分かり易く教えてくれることである。そこには父から娘へ伝わる微妙な呼吸の流れとでもいうものが感じられ、ときには「父が話している」と言われるように、我を忘れて言葉を伝えておられることもあるようだ。

それでは、どのくらい当たるのか、ということになるが、それについては、私の体験した実例をお話ししよう。

私は二年ほど前に、茨城県中部の海岸沿いの町から熱海に引っ越した。たまたま私の従妹が遺産相続した老人専用のケア付きマンションの一室が空いていたからだが、引っ越すについては、どの引っ越しもそうだろうが、問題もあった。そもそも引っ越そうという気になったのは、妻の腰痛が悪化して食事の支度中に何度もうずくまるようになったのが最大の原因だが、彼女は以前から娘の家族の住んでいる東京の家の傍に行きたいと思っていた。また、熱海のその部屋は狭く、山の斜面にあるので、かなり急な坂を登らねばならず、熱海の町そのものが坂ばかりなので、老年が深まるにつれて体力的に無理になるのではないかという心配もあった。

そういう懸念を一刀両断にしたのが、禊之宮のおみくじだったのである。

私は妻との妥協策として、「おみくじ」を引いてみたらどうかと言い、妻も賛成した。私は、吉でも凶でもどちらが出てもいいと思っていた。「海浜公園」という約二十万坪の大公園と茨城県最大のショッピングセンターを近くに控え、眼の前が大海原の、港町の崖上の住居には愛着があった。それに、動くとなると、その住まいを売って引っ越しの費用を捻出しなければならず、いろいろと煩わしい。

私は禊之宮の巽宮司に電話して、事情を話し、引っ越していいかどうか迷っていますと言うと、宮司は直ぐにおみくじを引いてくださった。出たのは十番の大吉だった。引っ越すのはいいらしい。そこまでは、よくあることだが、その先が予想を超えたものだった。「移転（ひっこし）」の項目の下に、「ひっこした方がよろしい」と出ていたのである。私は、引っ越しのおみくじをそんなにたくさん見ているわけではないが、普通は、「引っ越しよし」とか、南へ行くのがいいとか、東がいいとか、お祓いをしてから引っ越しなさいとか、そんな程度だろうと思うが、断定的に「〇〇すべきである」と読み取れるようなおみくじに出逢ったのは初めてだった。しかも、それぞれのおみくじには、そのおみくじの要旨を述べた四字熟語（数は少ないが、もっと多くの字数もある）めいたものが書かれているのだが、このおみくじには「神意奉行（かみのみむねをおこなへ）」とあった。つまり、書かれていることを実行しなさい、それが、神のみ旨だよ、というのである。

従って私は、「神のみ旨」によって引っ越したのであった。最初心配した、今住んでいるところが売れるかどうかということも、「神のみ旨」だから大丈夫だろうと、割合楽観的に構えていたが、果たして、売りに出して三ヶ月ぐらい経った頃、同じマンションに住んでいた顔見知りの人が、「あんたのとこ、まだ売れないのかい。ちょうどいいや。うちのかあちゃんが欲しがってるから」と言って、不動産屋を通さずに買ってくれた。この人が持っていた部屋は、他の人と共有だったので、家族には使いづらかったのである。このマンションでは、ほかにも売りに出ていた物件があって、長いこと売れずにいただけに、こういうご縁はたいへんありがたかった。

「神のみ旨」はこれだけではなかった。

読者も既に気が付いておられることと思うが、私が引っ越してから約半年後に、東北で例の大地震が起こったのである。私が住んでいたところも、沿岸には津波が押し寄せ、週末には大賑わいだった地元の魚市場は全壊、住んでいた崖上のマンションは、倒壊こそしなかったが、壁に亀裂が入り、一週間以上停電が続いた。もはや、それを売ってどこかに引っ越そうという計画は実現不可能となった。

愚かな私は、始めは地震や津波の方に気を取られて、自分がいかに幸運だったか、あまり考えずにいたが、友人や知人たちから、必ずと言っていいくらい、「引っ越してよかったね」と言われて、しみじみと自分は神様に守られていたのだと思った。こんなことを言うと、災害にあって親族を亡くした東北の方々に申し訳ないし、また、自分がこの幸運にふさわしいだけのことをしてきた人間だとはとても思えないが、神様は、人間から見たら気まぐれだと思うことをなさることがある。「神のみ旨」は測りがたい。人間の考えや思いを遥かに超えている、としか、今の私には言いようがない。

おみくじの話を終えるに当たって、蛇足かもしれないが、一つだけ付け加えておきたいことがある。今話した「神のみ旨」にも関係することである。それは、矛盾した、意地悪な言い方かもしれないが、おみくじに多くのことを期待してはいけないということである。当たるということは、悪いことも当たるということだ。よくても、悪くても、すべて受け入れるぐらいの気持でないと、おみくじを引く意味がない。良いことだけを期待し、悪いことには頬かぶりをするのでは、足下の草を抜いて、「良い。悪い。良い。悪い」と、葉の数を数えるだけで済むことである。それと、当たるおみくじと、当たらないおみくじがあるように、おみくじの当たる人と、当たらない人とがあるようにも思われる。

そんなことを言い出したら、おみくじなど、あってもなくてもいいようなものではないか、と言われるかもしれない。だいたいおみくじなど、自分が楽しめばいいものなのだから、そんなことは当たり前なことだ、と言う人もいるかもしれない。

人間の幸、不幸、運、不運、事の吉凶などは、不思議なことだが、前もってそれとなく判ることがある。次の章では、私の体験に基づき、そのことについてお話しするつもりだが、以前、こういうことを聞いたことがある。私の知人が、ある日、家族と一緒に車で、亡くなった父親の墓参に出かけた。お墓参りが終わって、帰ろうとしたら、車のドアの鍵がどうしても開かない。いつもは簡単に開くのに、その日に限って開かないのである。さんざん苦労した挙げ句、やっと開いて、やれやれと思い、乗り込んで出発したところ、車が渋滞し、前方に大きな交通事故があったことがわかった。もし、あの時スムーズに発車していたら、きっとその事故に巻き込まれていただろうと思うと、ぞっとした、と言っていた。この人は医者で、日ごろ神がかった話などに興味をもつ人ではないのだが、この話を私にした時には、「亡くなった父親のおかげだとしか思えなかった」と極めて真剣な表情で言った。

一方、テレビのニュースなどでは、墓参帰りの車が交通事故に遭って、乗っていた家族の惨事が伝えられたりする。確かに、事件を回避出来た人と、出来なかった人とがいるのである。前者には自分の意志を上回る力が働いて、それを阻止してくれたが、後者の不幸な人には、そういう力は働かなかった。これはおみくじの場合も同じである。縁のある人には、おみくじの力が働くが、無縁の人には働かない。単なる紙くずに過ぎない。

どうしてこういう差が出来るのか。私は今偶然「縁のある人」という言葉を使った。つまり「自分の意志を上回る力」に「縁のある」人のことである。私の知人の医者はそういう力に縁があった。彼は、その力が、自分の亡くなった父親から来たものだと感じた。彼は父親とは深い縁を感じていたのだろう。彼の考えが正しいかどうかはわからない。実際には父親ではなく、別の何者かだったかもしれない。人が普通「神」と言い、「仏」という、隠れた存在だったということもあり得る。いずれにせよ重要なことは、助けられた人間と、助ける者との間に、縁があることだと思う。「縁」とは何か。それは「結びつき」で、何と何によって結ばれるかというと、心と心の結びつき、つまり、心が通い合う間柄ということである。それは現在生きている人間同士間のことだけでなく、亡くなった人たちを含めて、眼にみえぬ存在との間柄をも指すのである。

おみくじが効き目を持つのは、おみくじを引く者と、おみくじを与える「神様」との間に「縁」があること、「心が通っている」ことが大切である。「神様」とは神社（この場合、禊之宮）の祭神とは限らない。その力をお借りして、あなたに縁のある、あなたを大事に思っている誰かが、あなたにふさわしいおみくじを引き出してくれるかもしれない。

それ以上のことは、今の私には言えない。次の章では、私の最近の経験から、この見えない存在との縁なるものがどんなものであるかということを、お話ししたいと思う。

第七話　五行易と私——見えない世界と繋がる

一、五行易に到るまで

前章で約束した「見えない存在との縁」についてお話したい。

私は現在、「見えない存在」と繋がっているように感じ、それが私を導き、生き甲斐を与え、ときには試練をも与えられているように思っている。そうなるようになったのは、前章に述べた禊之宮とのご縁である。人間、縁ほど不思議なものはない。振り返ってみると、二十歳で日本を離れて以来、私はただ縁によってのみ生かされてきたように思えてならない。

それがどういうご縁であったかを話す前に、まず、それを受け入れることが出来るようになっていた私の気持について話そうと思う。

私はそれまでの数年間、目に見えぬものとの繋がりを求めていた。四十代の半ばにスウェーデンボルグの著書を読んで以来のことである。彼が霊的に目覚めたロンドンを訪れ、霊の世界の研究、いわゆる心霊研究をしたり、霊媒たちを訪ねたりして、それを『イギリスの霧の中へ』という本にまとめ、その後も霊的な体験や考えを記したエッセイを集めて『幽霊にさわられて』という本にし、ついには、学者や歴史家でもないのに、『近代スピリチュアリズムの歴史』という学術書まがいのものまで書くに至った（これには、医者兼作家でありながら『スピリチュアリズムの歴史』上下二巻を書いたコナン・ドイルという大先輩の例がある）。

ところが、そうやってだんだんと深みにはまってゆきながら、自分はまだ霊の世界からほど遠いと思わざるを得なかった。「深みにはまる」のは研究の世界であって、霊の世界ではなかった。他人の体験を勉強したり、見聞したりしていたに過ぎない。確かに実力のある霊能者、例えば、第一章に書いたコリン・フライや盛岡の霊能者たちの最高の降霊会での体験は、有無を言わさず霊の存在を感じさせる迫力があった。暗闇の中であっても、いや、暗闇の中だからこそ、フェリックス霊の生暖かく、柔らかい手を握った時には、霊媒コリン・フライの手ではない、いままで触ったことのない手だと、はっきり感じた。しかし、それが本当に霊の手だと、どうして確信出来ただろう。要するに「他人の」手なのだ。私という存在と結びついたものではない。霊界と私とが結びついているという感じが、いまひとつ足りない。何事もそうだが、自分とどこかで繋がっているという感じが無いと、ほんとうにそのことが自分の理解の中に入ってこないものだ。あくまでも類推によって霊界があるのだろうと察していただけで、自分の体験の一部として感じ取っていたわけではない。私が四十年近くやってきたことは、基本的にはそういう類推による霊界の探知であった。

とはいえ、私自身に霊的能力が無いかと言えば、そうでもなさそうだ。誰もが持っている程度の霊能力はあるようだ。『イギリスの霧の中』に書いたが、二十代の始めに初めてアメリカに行った時、毎朝微熱を感じ、汗をかき、結核ではないかと疑ったことがあった。小さい子供たちのいるアメリカ人の家にいたので、移ったら困ると心配した。すると、ある晩、結核で亡くなった母親が夢の中に出てきて、昔住んでいた家の床の間に置いてあった観音像に向かって一生懸命手を合わせて祈った。それから数日の中に、起きがけの微熱と額の汗はいつの間にか無くなった。これは若い頃の私の最大の霊的体験だった。

老年になってからは、いわゆる「共時性」の体験をよくするようになってきた。誰かのことを考えていると、その人から電話がかかってくるというようなことだ。これらは、しかし、単なる偶然かもしれず、本当に霊界との繋がりでそうなったのかどうかはわからない。

三年ほど前のことだが、私が或る会で、三田光一の月の裏側の念写について話したことがきっかけで、若いお医者さんのグループに呼ばれて、一晩、霊的体験を語り合ったことがあった。いろいろな質問を受けながら夜十一時頃まで熱心に話したが、終わる頃、そのまとめ役が結論めいたようにこう言った。

「年を取るとやっぱりそっちの方に関心が行くんでしょうね」

私はみんなも私と同じように、話の内容を追体験しながら楽しんでいるのかと思ったが、実は、私の言うことがどの程度本当なのか試してみようという考えもあったのだろうと思った。科学的訓練を受けた医者なら当然のことだろうし、いまさらそんなことに気が付く私の考えの甘さを笑われても仕方がないが、このグループの人たちはいちおう非科学的と思えるようなことも、公然と話し合う会のメンバーなのであった。

その晩ホテルに帰った私は、ベッドに横になって暗い天井を眺めながら、自分の力量の無さ、言葉を裏付ける体験の不足をしみじみと感じた。筑波山系の中にあるホテルは静まり返っていて、山気が周りからひしひしと寄せてくる気配が、高い天井を通して伝わってきた。その日のことはすべて忘れて、その気配に身を委ねていると、突然、私は自分が外の暗闇の世界と繋がっているように感じた。こんな具合に霊界と交流が出来たらいいなと思った。そのとき浮かんだ言葉が「天人感応」である。

その言葉は、私の意識の奥のどこかわからぬところから出てきたものだが、その出どころを推測すればこういうことになる。一つはパラケルススとかメスメルとかの、人体治療に宇宙の気の流れを用いる西洋神秘主義の影響で、もう一つは易など古代中国の卜占の基となった考えである。私の理解したところでは、両者とも天、または天の運行と、人間及び人間の生活との関係を重視している（もちろん自然との関係も大事で、特に易に於いてそうだが、それは後で述べることになろう）。

その時以来、私は易に関心をもつようになった。西洋神秘主義よりも、中国発祥の易の方が親しみがあるし、学びやすい。それに、たまたまカール・ユングが易に興味を持ったということを知り、その論文を読んでみたところ、ユングらしく、彼の得意の分野である「無意識」と「共時性（シンクロニシティ）」を易に結びつけていた。易は「無意識」の世界と繋がっていて、そこから、筮竹《ぜいちく》の動きに呼応して（「共時性」をもって）占いの答えが伝わってくるというふうに、西欧の学者にしては驚くほど肯定的に考えていた。その「無意識」を、さらにユング究極の原理である「集合的無意識」にまで拡げ、それを人間の宇宙意識と捉えれば、「天人感応」という情況からも決して遠くはないと考えたのである。

私が易を学ぶ機会は意外に早く来た。まるで、「お膳立て」したお膳が整ったように、私の前に据え付けられたのである。

「ちょっと待ってくれ」

と読者は言われるかもしれない。

「『お膳立て』しているのは、書き手のあんたじゃないのかい。まるでそうならざるを得ないように書いて、読者をダマそうとしているんじゃないか」

「いや、そうではないのです」

私はただ時の流れを追って書いているだけである。情況が熟すと、次のステップにふさわしい事態が現れる。誰が「お膳立て」するのかわからないが、そういうふうになってゆくのである。

そこで再び登場するのが禊之宮だ。あるとき私が、

「このごろ易を学びたいと思うようになりました」

と、宮司の巽兌子さんに言うと、

「山本さんから習うといいですよ」

と即座に言われた。

山本さん（仮名）という人は古くからの信者の一人で、巽先生の話では、前から先生に、易を教えてあげますと言っていたのだが、先生は、自分は忙しくて勉強する時間がない、と断り続けていたらしい。そこへ、自分の代わりに志願者が出てきたのでちょうどいいと思われたのだろう、直ぐに山本さんに頼んでくださった。

「先生のお言葉なら、神様からの言いつけだと思って、一生懸命教えます」

山本さんはかしこまって答えた。

三年前の暮れのことである。

新年になって、山本さんからの「通信講座」が始まった。それは私が、始まる前に、ちょっとしたごたごたがあった。

「『天地人感応』（易なので、もう一つ『地』を加えた）をするのが、私の易を学ぶ目的です」

と、手紙に書いたことに対して、

「それでは教えることは出来ません」

と山本さんから返事が来たからである。

山本さんが教えようとしているのは「五行易」であって、「易」そのものではなかったのである。「五行易」というのは「断易」とも言われ、「易」に「木、火、土、金、水」の五行と、「子」から「亥」に至る十二支を加え、さらに全体を「六親」と言われる項目で分類する占いの方法で、易経のみに依る「周易」と呼ばれる古来からの占法とは異なるものである。春秋戦国時代に楚の国の鬼谷子《きこくし》と言われる思想家によって創られたと言われるが、その真偽も、鬼谷子その人の素性もわかっていない。

周易も五行易も森羅万象、人事全般を扱うものだが、私の乏しい経験と見聞から敢えて言うと、本来国家の大事を占うことから始まった周易は、天下国家を初めとする諸般の問題の大勢判断に力を発揮するようだが、「五行易」はその反対に、市井の些事を占うのに長け、どちらかというと天下国家の問題はあまり得意とは言えないようである。おそらく、周易で占うと、大まかで、もどかしいことが多いので、それを補うために五行易が考え出されたのではないかと思われる。身辺の些末なことを扱う五行易に対しては、周易の側から「三文易」とか「雑易」とかいうような蔑称を投げかけられることもあるようだ。

山本さんはおそらく、五行易のそういう日常卑近な性格を頭に置いて、「天地人感応」のようなことは「教えることは出来ません」と言われたのだろう。山本さんは不動産屋で、土地の方角を見たり、物件が売れるか売れないかを予知するために易を学んだので、「天地人感応」

など、彼の商売には入っていない。

当時何も知らなかった私は、たとえ五行易であろうと、易であるからには「天地人感応」が大本であるに違いない、習っているうちになんとかわかってくるだろうと、タカをくくり、それでいいから是非教えてくれと頼み込んだ。それは正解だったのである。卑近な物事の細かいことまでわかる五行易は、未知なる世界との交流を、細部にわたって裏付けてくれると、今、私は思っている。

二、よく当たる（実例、「鍵の占い」）

山本さんは毎週、A４サイズ用の大きな角形封筒に入れた十枚ほどの教科書風な説明書と、その他の資料を送ってくれた。年表や基本的な表、及び時々の参考資料以外は、すべて手書きである。それを二年間欠かさず続けた。驚くべき克明さと律儀さである。本業の不動産業と併行してだから、なお驚く。もっとも不動産業の方は開店休業だったかもしれない。年齢から言って、隠居していい頃であり、生活上の心配のない独り暮らしなのである。

彼の克明さと執心ぶりは、手本とする五行易の本を四十回も読んだということにも表れている。四十回はおそらく誇張ではないだろう。誇張したり、知ったかぶりをするような人柄ではない。まじめそのもので、自分が下す占断（占った結果の判断）についても、「間違っているかもしれない」といつも書いてくるほどである。しかし彼の占断は厳正で、手本とする本についても、容赦なく間違いを指摘する。四十回も読むと、読んだ本を超えてしまうのだなと思う。私のようにすぐわかってしまったように思い込む人間など、見習いたいものだと思っている。

さて、数回通信教授を受け、たどたどしいながらも何回か自分で占ってみて、まず驚いたのは、よく当たる、ということだった。最初何を占ったかというと、自分が出した本の売れ行き、妻の歯医者がいいかどうか、失った鍵が出てくるか、もらった健康食品は役に立つか、送られて来た本は読むに値するか、これこれの人物は信頼するに足るか、等々。こんなことまで占えるのかと思うほど、日常生活の多岐にわたっている。

どんなふうに占うかというと、先ず三つのサイコロを六回振る。三つだから、サイコロを振るごとに数字が三つ出る。奇数が二つ以上だと「陽」となり、偶数が二つ以上だと「陰」となる。「陽」は○で、「陰」は●だが、書き易いように「×」で表す。それを縦一列のマスに下から書き入れて行く。そうすると例えば、次のようになる。

×
○
○
×
○
×

これを六十四の卦を示した表の中から探して見ると、「沢水困」と書いてあり、「六合卦」とある。六合卦というのは、「合う」「まとまる」「力を合わせる」などという意味の卦である。物事がうまく行くことを表す場合が多い（占う対象によって、そうでない場合もある）。

この陰陽（×〇）にはそれぞれ十二支と六親が付いていて、卦の表からそれを見て、書き入れて行く。「沢水困」の場合はこうなる。

未　酉　亥　午　辰　寅
×　〇　〇応　×　〇　×世
母　弟　孫　鬼　母　財

読者はこれを見ても、何のことやらわからないに違いないが、いちおうどんなものかお見せしようと思って、書いた。今後は話の流れに応じて説明していくので、どうかご辛抱いただきたい。

こういうふうに表にしてゆくのを「納甲表《なっこうひょう》を書く」と言い、五行易占いの基本になる大事な仕事である。

右の卦は、私が占い始めて十七番目に立てた卦で、五行易の威力を強く感じた卦の一つである。これは「本卦」と言って、サイコロを振って最初に出た六つの陰陽を表したものだが、陰陽の一部が変わる場合がある。三つのサイコロを振って三つとも奇数、または偶数、の場合は、陽から陰へ、陰から陽へと変わるのである。私が立てた卦は下から二番目の数が155だったので、陰に変わった。そうすると次のようになり、

×　○　○　×　×　×

「沢地萃《たくちすい》」という別の卦になる。これを「本卦」に対して「之卦《しけ》」と言い、「『沢水困』から『沢地萃』へ之《ゆ》く」、などと言う。これを納甲表で表すと、こうなる（本卦はそのまま書き、之卦は変化した爻《こう》の干支のみを記す）。

　　　　巳
未　酉　亥　午　辰　寅
×　○　○応×　○　×世
母　弟　孫　鬼　母　財

この卦は私の妻がドアの鍵をなくして何週間も出て来なかった時に、家の中にあるかどうかを占ったものだ。占った月日も大事で、「平成二十三年五月二十八日」、旧暦の十干と干支で表すと「辛卯年癸巳月癸未日」となり、これも納甲表に書き込んでおく。

家の鍵を表す「六親」は「父母」で（家に関わる物は、自分を守る、育む、という意味から、「父母」で表す）、省略して「母」と書く。第二爻（下から二番目の爻）と上爻（一番上の爻）がそれだが、この場合、動きのある方をとる。それが第二爻で、「辰」が付いているが、奇数が三つあったために陽から陰に変わり、之卦の第二爻の「巳」となっている。これを「父母爻辰が動いて巳を化出《けしゅつ》する」または「巳と化す」と言う。

この卦を見るとわかるように、全体の中で動いているのは、この「父母爻辰」だけである。占おうと思っている家の鍵を表す表象（これを「用神」と言う）だけが動いている。これは驚くべき事だとは思わないだろうか。六回振るサイコロの二回目に「用神」があるということを誰が知っているだろう。もちろん振る人間の私が知っているわけはない。仮に知っていたとしても、どうやって三つの奇数を出すことが出来るか。

これを瞬時に行うのだから、他に高度な知性と反射神経を持った存在を想定しなければ、とうてい無理だ。高速コンピュータを内蔵したロボットが別にいて、必要なプログラムを察知し、私の手の動きをコントロールするなら出来るかもしれないが、現実には八十歳過ぎた老人がサイコロを振っているだけである（ただし、いつも用神が動くとは限らない。必要な爻が動くのであり、全部動かない場合もある。しかし、どういう場合でも、用神がどうなるかということを示すように、卦が出来上がっていくのである）。

カール・ユングも卦のこの働きには驚いていて、こう書いている。

「(占いを始めてから) 時がたつにつれて、結局、占いで問われている状況と、占って出た卦が意味する内容との間には、いわば規則的に、一種の関連がみられるということが明らかになってきた。これは一見奇妙なことと言わなければならないし、まぐれ当たりは別として、ふつうありきたりの前提条件からは起こり得ないことであろう。(省略) 私の体験した明白な的中数は、偶然による蓋然性をはるかにこえたパーセントに達しているように思われる。易経において問題になっているのは、偶然性ではなくて規則性であるということを、私は信じて疑わない」(「易と現代」『東洋的瞑想の心理学』創元社、二七三頁)

とまで言っている。

さて、失われた鍵についての卦だが、知りたかったことは、その鍵が家の中にあるかどうか、ということだった。この卦ははっきりと、「ある」ということを示している。その理由は四つもある。まず、卦では「内卦」と「外卦」と言って、内と外とを分けて使うことがあり、卦の六爻を半分に分けて、下の三つを内、上の三つを外とする。鍵を示す用神の「母辰」は内卦にあるので、家の中にあると見る。もし、一番上の「母未」が動けば、鍵は家の外にあることになる。

次に、この「沢水困」という卦は「六合卦」と言われ、内卦と外卦の六つの爻が「合」となっている。「合」というのは、寅と亥、辰と酉のように合の状態になることを言うのだが、専門的な説明は省く。とにかく、基本的に合の卦は吉兆と言われ、離れていたものが合う、力を合わせる、一緒になる、などということを示すとされる。失われた鍵が出てきて、元の持ち主と「合となる」と考えていいのである。

三つ目は用神母の干支である辰と日月の干支との関係である。これは、干支の持つ五行の力関係によって表される。五行は「木・火・土・金・水」であるが、それぞれ次の行を「生じ」、一つ置いた行を「剋す」働きをする。「木生火、木剋土、火生土、火剋金……」という具合である。「生じる」とは「力を与える、強める」という意味でもあり、「剋す」とは「力を殺ぐ、弱める」ということになり、わかりやすく言えば、「プラスになる」、「マイナスになる」と考えるといいと思う。

占ったのは巳月の未の日である。まず月の巳から見ると、辰は「火生土」でプラスになる。日の未から見ると、同じ土行であるから大いにプラスで、これを「旺じる」と言う。つまり用神は日月からたいへん力を与えられていて、これは吉祥を示す。鍵は家の中にある、ということになる。

最後の吉象は、用神辰が化出した巳が、元の爻の辰を「生じる」働きをしていることである。これを「回頭の生」と言って、元の爻に強い力を与えると考える（その反対が「回頭の剋」で元の爻に強いダメージを与える。病気の占いなら、病が重くなることになる）。

これだけ良い徴《しるし》が揃っていて、悪い徴候が無い以上、鍵は家の中にあると信じてよい。実際に、占ってから数日後にクローゼットの中にある家内の洋服のポケットから出てきた。家内はそれまでに何度も調べて、無いと信じ込んでいたのである。私が、絶対にあるからもう一度調べて見なさいと言ったので、半信半疑で調べ直したのだった。

　実はこの卦については、もう一つの見方もある。用神を「父母」ではなく「妻財」と取る見方で、最初に私が試みたのがそれであった。先生の山本さんによると、家などの建物を、自分を守り育てるものとして、用神を「父母」とし、その「家」に付属する物としての「鍵」も「父母」と取るのが一般的だということだが、財産の一部と考えて「妻財」と考える人もいて、山本さんが昔、仲間と一緒に勉強していたときに問題になったことがあったと言う。用神の取り方のむずかしいところで、これを間違えると結果が反対になることもある。この卦の場合は、六合卦であるのと、用神が内卦にあるということで、鍵は家の中にあるということに変わりはないが、私はむしろ、「妻財」を用神とすれば、もっとはっきりと身近にあることを示すことになると思ったのである。それは「妻財」が占う者（占者）を示す「世爻」と一緒になっているからで、自分の近くにあると思った。そうして五行が「寅」なので、東北の方角、と考えた。我が家の東北の方角には、家内のクローゼットがある。その辺があやしい。また、「寅」は、占った「未《ひつじ》」の日との関係では「墓」に入っているので、どこかに入り込んで隠れていると見た。

　さらに、説明すると長くなるので省くが、鍵が出てくるのは亥の日の申の時刻だと考えた（この日時の出し方は先生が教えてくれた）。それでは、第二爻（下から二番目の爻）の父母爻辰が巳を化出しているのをどう考えたかというと、「父母」を衣服と取って、「回頭の生」を受けているのは、そこが大事だぞ、と示していると思ったのである。だから私は妻に、洋服のポケットを調べて見ろと言ったのである。その通り鍵は洋服のポケットから出てきた。しかも、予想した通り「亥の日の申の時刻（六月一日午後二時半）」だった。もっとも「申の刻」は三時過ぎから五時前までだから、正確に言えば「未の刻」だが、三十分ほどの誤差は大目に見ていいのではないかと思った。もう一つ正直に言えば、「今日は亥の日だから絶対出るぞ」と家内をけしかけたことも事実である。だが、考えようによっては、卦はそういうこともすべて考慮にいれた上で見せてくれているのかもしれない。

しかし、この私の初心者的占断（占いの判断）はまぐれ当たりだった可能性も大いにあるので、自慢するわけにはいかない。卦の判断というのは、こんな具合に多義性を持っている。そこがある意味では卦の優れたところ、探れば隠れた意味の発見に繫がるところだが、失敗すれば誤断となり、「当たるも八卦、当たらぬも八卦」の原因ともなるのである。

三、「当たる」ということ

私の見たところでは、卦は占った事柄の、占った時に応じた情況を示すようである。今の鍵の占いで言えば、「鍵が出てくるかどうか」ではなく、「現在鍵がどういう情況に置かれているか」を示す。これを「卦相《け(か)そう》」と言う。「卦の様相」である。だから「まず卦相を見ろ」と言う。個々の事象間の力関係（「生・剋」を始めとして、「休・囚・墓・絶」や「合・冲」などさまざまある）を問題にするのではなく、卦全体が示す意味を把握することがまず大事だというのである。卦に即して言うならば、（卦の中心となる人や物、事柄を示す）「用神」が「原神」や「忌神」、「仇神」などとどういう関係にあるかということを、全体像として把握するのである。これは口で言うほど簡単なことではない。卦によっては用神よりも重要な働きをする爻が出てくる。例えば病気の場合は、本人よりも病気の方が活発になる。病気を示す「官鬼」が日月から「生じられ」、自身が動いて「用神」を「剋す」ような事態になったら、病は重い。病気占いの場合はパターンが決まっているから割合簡単だが、なにしろ森羅万象を占うのだから、どれが「用神」かもはっきりしないことも、ままある。先ほどの「父母」の場合でも、家屋や鍵のほかに、学問、文書、旅行、雨、教育、床屋などにも使われる。私のような初心者は、ときには、先に卦相を見て、次に何が用神かを知るという、卦から教わる場合もある。これなど、卦に間違いはないが、受け取る側に迷いがある、ということを示すいい例だと思う。普通、占いの当たり外れというと、占って出た事柄が正しいか間違っているかだろうと思うかもしれないが、五行易の場合は（他の占いもたぶんそうだと思うが）、占って出た卦そのものは正しいが、それを見る人に問題がある（その卦を解くだけの力が無い）という場合がよく起こる。不可解なことかもしれないが、そうなのである。三つのサイコロを六回振って、六つの陰陽が並ぶと、それはサイコロを振った人間を超えた、一つの世界としてそこに存在する。私はそれを「別な世界からの暗号文」と呼んでいる。それは謎に満ちていて、しかも多義的（場合によっては複数の解釈が可能）なので、常にこちらの（読み解く側の）能力が問われるのである。非常にチャレンジングな世界とも言える。

「多義的」などと学のありそうな勿体ぶった言葉を使って、わけのわからぬ卦をありがたそうに見せ、読者を丸め込もうとしているのではないか、と言う人もいるかもしれない。私もそう言う読者に同調したくなるような、わけのわからなくなることがよくある。しかし、心を静め、或いはしばらく時間を置いて、再び眺めてみると、ふっとわかる。一晩寝て、翌朝床の中で気が付くこともよくある。どうしてもお手上げの状態になると、先生の山本さんにメールを送って教えてもらうということもちょいちょいやるが、先生もエライもので、決して自分の占断に間違いはないとは言わない。間違いの元は、たいがい自分の先入観である。こうだろうと思い込んでいることが、卦を見る眼を曇らせていることが多い。山本さんは、「卦を疑ったことは一度もありません」と言う。私も、「間違っているのは自分の方だ」と考え、いつも卦に学ぼうとする。

それほど卦を信頼するのはなぜか。

それは卦が「的を射ている」からである。卦の的のことを「占的」と言うが、その「的」を決して外さないのである。

普通、的には中心の丸とその周囲の丸とがあり、中心の的に当たれば「大当たり」だが、「卦」は「大当たり」ではなくても、「的」は必ず射ている。いや、山本さんのような年季の入った人なら、卦はいつでも大当たりしていると考えるかもしれない。どちらにしても、「的を射ている」ということはすばらしいことであり、不思議なことである。

何度も申し上げるが、六つのサイコロを六回振るのが易の占いである。占う人間がサイコロの目をコントロールすることなどは不可能だ。それでも必ず占いの目的（占的）に応じた卦相が現れる。それが「的を射る」ということだ。病気を占う時には「官鬼」が問題となる卦が出る。健康を占う時には「世爻」と「子孫」の関係が重要となる。旅行を占う時には「父母」、何か買ったり、売ったりする時には「妻財」、恋愛の相手を占う時は「応爻」と、その時、その時の主役が必ず脚光を浴びて出てくる。

病気を占う時に商売の卦が出たり、旅行を占う時に恋愛の問題になったり、ということは絶対にない（恋人に会いに行く旅行、というような場合は別である）。同じことを占って、吉であることが、凶になるということはないし、その反対もない。私は、家内に頼まれて、彼女の脊椎管狭窄症を治療するための医師や病院をいくつ占ったかわからないが、「治る」と出たことは一度もない。医師や病院が悪いとは限らない。医師や病院はいいが、治らないというのも幾つかあった。治療がだんだん効かなくなったり、医者との相性が悪いというのもあった。手術は一貫して「ノー（凶）」と出る。

かれこれ二年にわたって同じである。すべてサイコロを六回振るだけのことである。どうして、ときには、「治る」と出たり、「吉」と出たりしないのだろう。誰かが、情報を把握し、サイコロをコントロールしているとしか考えられないのである。それは誰か。

ちなみにユングがこの点をどう考えていたかというと、先ほど挙げた「規則性」《易が当たるというのは偶然ではなく、「規則性」があるからだ》についての文の後に、次のように述べている。

「さてそこで、われわれは、『このような規則性の主張はどうすれば証明出来るのか』と問わなくてはならない。しかしここで、私は、読者に失望を与えなければならなくなる。その立証は、まったく不可能ではないとしても、ひどく困難であり、私はむしろ不可能と考えた方がいいだろうと思うからである」（同前、二七三頁）

その理由について彼は、

「われわれが無意識でいる事柄については、もはやわれわれのコントロールは及ばない」（同前、二七四頁）

と言い、

「(占いのような) 個人的で一回的な、たいへん複雑な心理的状況については……実験を繰り返して証明出来るようなものは、まったく何も見出されないからである。易経の占いは、そういう一回限りの、くり返しのきかない状況にかかわっているのである」（同前、二七五頁）と述べている。彼は、この後で、物理的観測に観察者の主観性も含める現代物理学にも触れているが、結局は、残念ながら、占いの真実は「無意識」の闇の中に沈んだままなのである。

四、霊界の占術師

私は、ある日、山本先生にメールで訊いてみた。

「五行易がなぜよく当たるかについて、いままで何かお聞きになったことがありますか」

先生の返事はこうであった。

「そう言われれば、だいぶ前に本山博という方について勉強したことがあります。本山先生は、どんな占いも、すべて背後霊がやっているのだと言われました。そんなものかなと思ったことがあります」

と、山本さんは誰がやっていようと、それほど気にしていない様子。卦が正しければそれでいいという考えのようだ。彼が一時師事したという本山博という人は、アメリカや日本に超心理学の学校を創ったりして、その方面では世界的に有名な先生である。

なるほど、やっぱりそうか、と私は合点した（「思わず膝を叩いた」と言いたいところだ）。

それなら話はわかる。霊界という目に見えない世界があって、そこに五行易の専門家がいて、その人がどういうわけか私と縁があり、私が占うと瞬時にして回答を五行易の卦に直し、私の手とサイコロを操って六つの陰陽を出してくれる。荒唐無稽と思われるのは承知の上だが、私は他のどんな説明よりもこの方が納得いく。

霊界の人間がそんな早業をどうして出来るのだ、という疑問に対しては、「石板書き《スレート・ライティング》」という心霊現象をご紹介したい。英国やヨーロッパでは昔からよく行われている霊の早業である。石板を裏返しにしてテーブルの上に置き、石板とテーブルの間に鉛筆を入れておく。霊能者が意識を石板に集中して、頃合いを見計らって気合いを入れると、石板に一瞬のうちに文字が書かれるというものである。

ご存じのように、我々の住んでいる物質の世界は、時間と空間とによって厳しく制限されているが、霊界には時間も空間も無いと言われる。だから「瞬時」といっても「永劫」といっても、霊界では同じことだ。一瞬のうちに占的に合った卦を出すことなど朝飯前のことかもしれない。

私の考えでは、中国の春秋時代に五行易が創られてから、いままでに二千年以上経っているのだから、五行易を学んだ人々の数もおびただしいものがあるに違いない。そういう人たちが集まって情報を交換し合い、或いは研究所のようなところで研鑽を続け、地上で五行易を始めた者がいると聞くと、その者に縁の近いものが選ばれて、地上に送られ、背後から助けてやろうとする。私はそんなふうに想像する。

これはもちろん五行易に限ったことではない。周易もそうだし、四柱推命とかタロット占いとか、あらゆる占いに共通したことではないかと思う。五行易だけが当たるわけではないからだ。逆に言えば、何をやっても当たるはずである。占いの始まりである、亀の甲を焼いてその亀裂を見るなどという原始的な方法でも、結構当たっただろうと思う。そうでなければ夏や殷の王朝が何百年もの間、国家の最大行事として占いを続けたことなど考えられないことである。

そういうふうに考えると、改めて、占いもまた人間の営みだと思う。我々を背後から助けてくれる霊界の占術師たちが、どんなに人間離れした腕前を持っているとしても、彼らはかつて人間だった者たちだ。もちろん霊界では、地上の我々の想像も及ばないような教養を身につけ、見識を備えているだろうが、それぞれがやはり独自の考え方や志向を持っているに違いない。つまり、人間であった時から持っている個性、裏返して言えば限界、があるのだろう。

つい余計なことを言ったが、これについては、いずれ検討する時が来ると思う。

五、霊界通信

「霊界が占いを助けてくれる」という考えは私を大いに喜ばせた。霊界との道が通じたのだ。

いままでも「通じた」ことはあったかもしれないが、具体的にそれを知ることは出来なかった。五行易の占いは記録が残り、内容も具体的である。こちらからの問いに対して答えが返ってくるのだ。これは一つの交信である。対話である。これほど簡単、明瞭な霊界との交流があるだろうか。降霊会での直接談話、間接談話に匹敵するものだが、降霊会では何人もが集まって手間と時間とがかかることを考えれば、一対一で出来るこの占いはもっとも個人的、日常的な霊界との対話である。私が最初に考えていた「天人交感」も、こういう形で達成されると考えてもいいのではないか。いや、私のように、山に籠もったり、滝に打たれたりして修行することをしないなまけ者にとっては、これがもっとも自然な「天人感応」なのかもしれない。など、などと、私は考えた。そうして次に考えたことは、少々大それたことのようにも思えたが、この霊界との対話を反対方向に利用して、霊界のことをいろいろ聞き出すことが出来るのではないか、ということだった。さらにその記録を霊界通信として発表するということも、心の奥に芽生えた考えだった。

その考えを裏付けるために私は二つの卦を立てた。

初めの卦は、

「私の占断は霊界の助けを得ているか」

占った日は、辛卯年壬辰月辛亥日（平成二十三年四月二十六日）、空亡（寅、卯）、十二運（なし）。出た卦は、本卦「地山謙」、之卦「山火賁《ひ》」（六合卦）。これを図示すると次のようになる（「陰」を「×」ではなく、通常表記されるように「●」とする）。

寅　　　　　　　　　　卯
酉　亥　丑　申　午　辰
●　●世　●　○　●応　●
弟　孫　母　弟　鬼　母
　　　　　　　　卯財

「私の占断はどうか」、ということで、「私」か「占断」かのどちらかが用神になるが、「霊界の助け」を得ているのは「私」本人と考えて、「私」を表す世爻を用神とする。五爻（下から五番目の爻）の世爻子孫亥がそうだが、世爻にはちゃんと占筮を表す子孫が付いている。「私」と「占筮」とは切り離せない（どちらが用神になっても差し支えない）関係にあることを示していて、これも占いの的確さを示す一例と言える（占いの本などでは「神意の絶妙さ」などと言う）。

この世爻亥は占った日の辛亥と同じ亥なので、「日晨《にっしん》を負う」といってたいへん力があることになっている。この卦の場合は助けを得ているということを力強く裏付けていると考えてよい。ただし、壬辰月の辰からは「土金水」と剋されるが、日晨を負えば自然そうなるので、あまり深刻に考えなくてもいい。日晨との関係を重視するのである。さらに（説明が複雑になるので簡単に言うが）、上爻（一番上の爻）の兄弟爻酉と初爻（一番下の爻）父母爻辰の両方が動いて「忘剋貪生」という状態になり、用神の世爻子孫亥を大いに「生じる」（力づける）。「忘剋貪生」とは、用神を助ける原神と、用神を剋する忌神との両方が動くことで、忌神は剋すことを忘れ、原神を生じることのみに夢中になることから、この名が付いている。いずれにせよ、この卦の場合、用神がいろいろな方面から力を得ているので、占題の「私の占断は霊界の助けを得ているか」は、間違いなく「得ている」と言える。最後に決定的とも言えるのは、之卦が六合卦であることだ。これは前回の「鍵の占い」の「沢水困」の場合と同様、六つの卦すべてが合の関係になり、吉を示すと言われる（凶に変わる場合もあるが、説明を省く）。その他、動いた爻の「兄弟」は何か、「父母」は何か、という素性調べがあるが、ここでは省略しておく。以上、この卦は大吉だった。

次に私が調べたのは（卦を立てたのは）、

「この占断を今後も霊界通信として活用させていただいていいでしょうか」

占った日は甲午月丙午日（平成二十三年六月二十日）、空亡（寅・卯）、十二運（帝旺）。本卦は「風天小畜」で、之卦は「山天大畜」である。これを示すと、

子

卯	巳	未	辰	寅	子
○	○	●応	○	○	○世
弟	孫	財	財	弟	母
			酉鬼		

「占断」が問題なので、用神は「占断」となり、占い（占筮）を示す「子孫」を用いる。子孫爻は五爻（下から五つ目の爻）に在り、その巳は月と日の午と同じ火行である。これを月建から「旺」じられ、日晨から「扶拱」を受ける、と言う。非常に盛んな相である。しかも十二運は「帝旺」と言って、十二の運勢の中では最高の状態である。これだけ見ると、「今後霊界通信として活用していい」ということになる。

　ところが、用神の子孫巳《み》は動いて子《ね》を化出する。子は水行であり、「水剋火」と自分を生んだ巳を剋す。これを「回頭の剋」と言って「回頭」が示すように、振り返りざまに一撃を加えられる、自ら災いを引き寄せる、というような意味に用いられる。つまり、「やってもいいが、とんでもないことが起こるぞ」、「せっかくの占いに傷がつくぞ」ということだ。そこで卦をもっとよく調べて見ると、初爻（一番下の爻）に父母の付いた世爻があり、その干支は子である。そうすると、用神の子孫巳に回頭の一撃を与えている「子」は、父母爻か世爻の「子」と同じだということになる。どちらかが占いをだめにする、傷を与える、ということだ。世爻は占者自身を表し、父母爻は占者よりも目上の者、いままでの例から言って（前の「霊界の助け」の卦もそうだが）、霊界から助けてくれる霊（守護霊などの背後霊）を表すと見る。占いを助けてくれる霊が占いをだめにするとは考えにくいから、私は占者自身（私）が占いをだめにする（卦の意味を理解しない）ととった。確かに初爻の世爻子は「月破」で「日冲」、最悪の状態である（干支を円周上十二の位置に等分に配置した場合、「月破」も「日冲」も月や日の干支の正反対の位置にある状態を表す）。その上、用神を助けてくれる立場にある原神の兄弟爻寅と卯の二つともが「空亡」という状態で、助けにならない（「空亡」とは干支の中の二支ずつが十日ごとに該当する状態で、「無力」「無関心」「無気力」などを表す）。

「お前の実力では霊界通信として活用するなどとはまったくおこがましい。せっかく出してやった卦をムダにするだけだ。頭を冷やして、出直せ」

と言われたと私は思った。

私の先生の山本さんも同じ意見だった（問題のある卦については、私は山本さんに見せて、その判断を仰ぐことにしている）。しかし山本さんは私に同情してくれて、「今はだめかもしれないが、子の月ぐらいから出来るようになるでしょう」と、彼流のやり方で時期を判断し、半年後の十二月がその時だと示してくれた。

ところが、これには霊界の方から「待った」がかかったのである。

六、霊界の意見

今はだめだが、そのうち出来るようになるだろう、と思いながら、「霊界通信」については、もやもやした状態で私の心に残っていた。そのうち思いついたのが、盛岡の小原さん（第四話参照）のところで訊いてみようということだった。私はだいたい一年に一度小原さんのところに行く。その年は、向こうから来てくれという話もあったので、それを幸便に、降霊会をする時に私の守護霊に出ていただいて、霊界通信についてもっとはっきり伺ってみようと思ったのである。

私の守護霊については、小原さんの霊媒グループのH・M子さんが何度か調べて、教えてくれた。覚えておられる方もいるかもしれないが、第五話の中で、今から三十年ほど前に、大西先生が開いた降霊会で五人の背後霊の名前を教えていただいたが、H・M子さんによれば、それらの方々は、全然出て来ない方もいたが、遠くから見守っていると答えた方が多かったそうだ（私は出席せず、盛岡に行った大西先生が訊いて、教えてくださった）。長い年月が経ち、私の生活も変わってきたので、背後霊も入れ替わったと思われる。

現在の守護霊は、平安京の宮廷で学問を教えていたという年輩の公家で、H・M子さんによれば、烏帽子を被っていて、容貌が私に非常によく似ているということである。彼女は間接談話による霊言霊媒（憑依した霊が彼女の声を使って話す）だが、話し終わって霊が去る時などに、話し手の顔や姿を見ることがある。初めのうちはただ守護霊として話しておられたが、二、三回お会いした後で、私が名前を伺うと、あまり気が進まない様子だったが、

「ただ『中将』と呼んでください」

と言われた。実を言うと、私はこの「中将」様が私の占いを手伝ってくださっているのかと思っていたのである。

この時の降霊会の模様は、録音したのを、後で私が文字に起こしたのが残っているので、左に掲げる。

日時・平成二十四年四月二十三日（月）
場所・盛岡　小原みき宅
さにわ・小原みき
霊媒・H・M子

（小原さんとH・M子さんとが向かい合って坐り、小原さんが降霊の祝詞を唱えた後、H・M子さんの額に向かって、両掌を結び、人差し指を合わせて突き出した先を向け、念を送る。ほとんど瞬時に《経験の浅い霊媒の場合は時間がかかるが》H・M子さんの目を閉じた顔がほん

の僅か前に傾く。変わった表情を見て取って、小原さんが声を掛ける)

小原　さっそくお越しいただきましてありがとうございます。
　守護霊さまですか。

M子　頷く。

(小原さんの隣にH・M子さんに向かって坐っていた私が、畳に手を突いて挨拶する)

三浦　三浦清宏でございます。いつもお世話になり、ありがとうございます。前にお会いしたときに、お名前を伺いましたら、「中将」と呼んでくれとおっしゃいましたが、その「中将」さまでございましょうか。

中将　(何か言ったが、聞き取れない。小原さんが横から)

小原　「吾《われ》でよかったか」とおっしゃっています。

三浦　はい。中将さま。おいでいただいてありがとうございます。今回お伺いしようと思ったことは、一年半ほど前から五行易を勉強させていただいておりますが、霊界のお助けによって非常に役に立っており、ありがたいと思っています。ところで、背後で占筮《せんぜい》を司っておられるのは中将さまでございましょうか。

中将　私ではない。

三浦　わかりました。それでは、どなたでございましょうか。もし、よろしかったらお聞かせいただきたいと思いますが。

中将　この方、まだ出とうないと申しておる。
三浦　あ、そうですか。
中将　ただ、蔭ながら力にはなると。
ただ一つ、お訊きしたいことがあると申しております。
三浦　はい。
中将　代わって、お訊きいたします。
三浦　よろしくお願いいたします。
中将　そなたは、どのようになりたくて、このようなことを学んでおるのかと、訊いておりますよ。
三浦　はい。私は、いままで霊界のことを勉強して参りましたが、直接霊界の方と交流があるというところまで参りませんでしたので、何か、そういう方法はないかと、日ごろ思っておりましたら、たまたまこの易を教えてくれる人がおりまして、愛知の山本さんという方ですが、そうしましたらその五行易がたいへんよく当たるものですから、どうして当たるのだろうか、最初不思議に思っておりましたが、やはりそれは背後の方の御助力によるものだということがわかって参りましたので……
中将　わかった。
三浦　はい。

中将　そなたには、そなたの道がある。そして、こちらにはこちらの道がある、こちらの者にもそのように。それを求めておるのか。そうでもないかの。

三浦　私は、モノを書いて発表していくことが、私の生きる道だと思っております。ただ、モノを書くということは、背後にしっかりした信念が無いと、しっかりしたものが書けないと思いまして、その根拠が霊界にあると強く感ずるようになりますと、私の書くものにも力が出てくるのではないかと思っております。

それから、これはたいへん大それたことではございますが、私がこれまで『イギリスの霧の中へ』というような文章を書いて、霊界との関係を模索して参りましたが、そういう模索、或いは霊界との交流、の記録、そういうものを今後も書いて残してゆくことが出来るならば、きっと世の中の役にも立つのではないかと思っておりまして、そういう意味もあって、この占いというものを続けさせていただきたいと思っております。いかがでしょうか。

中将　人には道というものがある。そなたには、確かに人にわからぬものを教えてゆくという道がある。すべてを知ろうとしても難しい面もある。その人、その人に備わったものというものがある。そなたもこれから後八十年生きるわけではない。

三浦　その通りです。

中将　いままで授かったものを大切に、そしてわかりやすく、教えてゆくのがそなたの道。

三浦　はい。

中将　どこかで、そなたも、あせっておるのう。そして無い物ねだりのところもある。怒らぬで聞けよ、のう。

三浦　は、はい。

中将　そこのところわかれば、そなたはもっと楽に書けるであろう。

三浦　はい。

中将　すべてを知ろうとしても、それは神になることじゃ。

三浦　はい。

中将　そこまでは……それは人の道ではない。

三浦　はい。

中将　ただ、その道を貫くことは、大切であるが、その者、その者の分というところ、わきまえれば、そなたは楽であろう、のう。

三浦　はあ、ありがとうございます。

中将　いま、われが言えることは、そこまでじゃ。

三浦　はい。

中将　そなたの問いには、しかとは答えられぬのう。申し訳ないが。

三浦　はい、ありがとうございます。おっしゃるように、すべてを知ろうと、まあ、一時はそう思ったこともありますが、霊界のことを知ろうとして、占いを続けようと考えたこともございますが、これからは私の生き方、その時、その時に、いろいろ疑問が起きたりする、そういう生き方を知るために、占いを立てていってもよろしいでしょうか。

中将　それならよい。

三浦　ありがとうございます。

中将　運命は変えられるが、名を残した者たちでも、それを変えられなかった者たちが多い。天命には逆らえぬのだ。そなた、これを知って行えば、そなたの役に立つであろうし、周りの方々の助けになるであろう。易とはどうしても、当たらぬも八卦、当たるも八卦、それは、いままで行ってきた方々が、天命には逆らえなかったゆえに、そのような答えになっておる。易の見立てにもよろうが、そういうところもあるということ、わかって、お使いなされや。

三浦　はい、わかりました。

中将　そなたの問いには、答えていない。申し訳ないの。

三浦　いえ、いえ、わたしの身の程も十分わかって参りましたし、これからの短い生涯、ほんの数年あるかないかだと思いますけれども、それを有効に使うためには、いままで蓄積してきたものを、成熟させてゆくという方向に行きたいと思います。その時の手がかりと言いますか、助けていただくという意味で、易を使わせていただきたい、と思います。

中将　穏やかに過ごされるよう、そばにいて、お助けさせていただきます。

中将霊が去った後、霊媒のＨ・Ｍ子さんは眼を赤くしていて、

「ありがたくて」

と言って、眼を拭いた。霊が自分の体全体を使うので、霊の魂の影響を強く感じるらしい。

「よいお言葉をいただきました。ありがとうございました」

と私が言うと、びっくりしたような顔をして。

「私にはとてもあんなことは言えませんよ」

と真剣な表情で言った。Ｈ・Ｍ子さんはごく普通の家庭の主婦である。「運命」とか「天命」について意見を述べることの出来るような人ではない。

読者はどう思われただろうか。

私は向こうから質問されるとは予期していなかった。「霊界通信」をすることの確認を取ることと共に、それについての心得のようなものを教えてもらえればと思っていたのである。背後霊の「中将」という方は、宮廷で学問を教えていたということなので、易も知っておられるだろうから、私の占いも指導してくださっているのかと思ったのだが、

「私ではない」

とおっしゃった。

それはそれほど意外なことではなく、ほかに特別に占筮を司る霊、例えば、古い時代の宮廷には陰陽師寮のような役所があって、占いを専門にしている人たちがいたから、その中の一人かもしれないとも思える。だが、今は、

「まだ、出とうない」

と言っておられる。どういう事情かわからないが、霊界には霊界の掟というものがあって、地上の人間と接触するのは、特別の場合を除いて許されていないということは聞いたことがある。いずれにせよ、私の最初の推測通り、占筮を司る方が霊界にいるということは本当らしい。これがわかっただけでも今回はよかったと思う。しかし、その霊から、

「どのようになりたくて、このようなことを学んでおるのか」

と訊かれるとは思っていなかった。お前の意図がわからない、と言わんばかりである。しかも、こちらの機先を制して訊いてきたということは、それに対するこだわりが向こうにあったからだと思われる。おそらく(と、そこで私は考えるのだが)、「霊界通信」について占筮を司る霊に二度ほど卦を立てて伺ったことがあったが、そんなことをする人間はほかにいなかったのではないか。それで、この人間はいったい何を考えているのだろうと、不思議に、また、困ったことだと思いながら、私が来るのを待っていたのではないかと思われる。私が立てた前述の「風天小畜」の卦の中で、用神が回頭剋を受けていたのは、やはりそうした霊界の「こだわり」を表していたのだと、私は改めて考える。

私が計画していた「霊界通信」は中将霊によって不適切とされたが、後で冷静に考えてみると、まったくそうだと思う。そもそも五行易に限った話ではないが、占いというものは人間の行為を占うために発明されたもので、霊界を占うためのものではない。それは五行易の干支や五行、六親などにはっきり表れている。霊界に干支による月日の巡りがあるか。木、火、土、金、水の物質の干渉や影響があるか。父母、兄弟、子孫の系譜があるか。そんなもので、時間も空間も無く、変幻きわまりない霊界の事情を伝えることなど、とうてい出来るものではない。この男、何を考えているのだと、向こうが思ったとしても不思議はない。そんなことは「通信」以前の問題だ。

七、天上の火を盗む

さらに、(霊界のことを知ろうというのは)「神になるということ」で「人の道ではない」と中将霊が言われたこと。これについては異論もあろう。英国やその他西欧諸国では、霊媒が直接談話や間接談話を通じて霊界の事情を話してくれることがある。ジョージ・オーエンの『ヴエールの彼方の生活』やモーリス・バーバネルによる『シルバー・バーチの霊訓』などがそうだ。また霊媒の自動書記によって、霊界から通信が送られて来て、それが本になることがある。

ジェラルディン・カミンズの『永遠への道』がそれだ。これらに共通するのは、すべて霊界からの通信であって、霊媒が霊界側にいろいろ質問して書いたものではない。霊媒はただ受け身になって話したり、筆記したりしただけである。

その他スウェーデンボルグの『天界と地獄』という極めつきの霊界通信があるが、これは、スウェーデンボルグ自身が霊界を探訪して、その見聞を書いたものである。日本にも宮地水位の『異境備忘録』があり、探せばほかにもあると思うが、これらは永年の信仰生活や特別な修行によって体験することの出来た、いわば霊界に入る資格を得た人達の業績である。スウェーデンボルグは初めキリストに導かれ、そのうち自分で「死ぬ方法」を会得して、霊界訪問を果たした。宮地水位は神仙界の霊人に伴われて行ったようである。こうなるまでには長い年月の、口に出して言えないほどの苦しい訓練が必要で、私のように書斎に坐っていて、サイコロを振るだけで、霊界から情報を得ようとすることなどは、もってのほかであるに違いない。

私は「それは神になることだ」という中将霊のお言葉を聞いた時に、ふと頭に浮かんだことがあった。ギリシャ神話に出てくる、天上の火を盗んで罰せられたというプロメテウスの話である。どこで知ったか忘れたが、「天上の火」というのは「知識」のことだと頭の中に入っていて、天上界の秘密を知ろうとした人間の思い上がりに対する罰だと理解していた。この「知識を盗む」という考えは、旧約聖書の中の、イヴがアダムに林檎の木から禁断のリンゴを取って与え、楽園から追放されたという話と結びついているのかもしれない。しかも私の頭の中では、太陽に向かってあまりに高く飛び上がったために、翼を体に付けた蠟が溶け、海に落ちて死んだというイカルスの話と結びついていて、それがプロメテウスの最後だと思い込んでいた（プロメテウスは怒ったゼウスによって岩に括り付けられ、大鷲によって心臓をむしり取られ、それが永遠に繰り返されるという罰を受ける）。

いずれにせよ私の頭の中では、人間の思い上がりについての三つの神話がごっちゃになっていて、それが中将霊のお話を聞いたときに浮かび上がった。なるほど、天上界の秘密を含めて全世界を知りたいというのは、人間の知識欲の根底にある欲望なのだなと気が付いたのである。何気なしに、至極当然なこととして「霊界通信」などと考えていたが、よくよく考えれば、たいへん思い上がったことなのであろう。天上界（霊界）はそれを望んではいないということも、今回はじめて気が付いたことであった。

人間にはわからないことだが、天上界は人知を絶する深さと広がりをもっているようである。ちょっと考えてみても、このちっぽけな地球と宇宙全体とを比較してみてもわかるが、天上界はそれよりもはるかに広いのである。地球上の知識さえ満足に持っていない我々が、宇宙よりも広い天上界のことをどうやって知ることが出来るか。空間的な広がりだけではない。地球誕生からいままで四十六億年、といえば長いようだが、宇宙の年齢は百五十億年、さらにそれを上回る天上界の時間は永劫である。時間が無いということだ。空間と時間に束縛されている人間が、どうやって時間のない世界を理解出来るのか。中将霊の言われたように「神になる」ほかないのである。

そんなに抽象的なことを言わなくても、もっと身近なことで、我々はまだ「死んだらどうなるか」ということもわかっていない。「生まれてくるというのはどういうことか」ということも知らない。幽霊とは何か、夢とは何か、テレパシー、千里眼、ものの知らせ、など、など。ただ、我々がいままで得てきた知識にこじつけて理解したと思っているだけだ。

最近、天文学が発達して、宇宙に関して我々が理解している部分は全体の四パーセントに過ぎないと言われるようになり（おそらくは一パーセントにもならないのではないかと思うが）、人間の知的能力について謙虚な見方が出てきたのは大いに結構だと思う。わからない部分を「暗黒物質」と言ったり、「暗黒エネルギー」と言ったりして、「暗黒《ダーク》」という言葉を使うのは、どうかと思うが（人間が知らないだけで、本当はあらゆる存在の中でもっとも輝かしいもの、美しいものであるかもしれない）、その未知の部分に迫ろうと世界中の科学者達が集まって、いままでに無い巨大な観測機器を作り、華々しく実験を始めた。そうしてやっと「ヒッグス粒子」というのをはじめ、幾つかの「暗黒」粒子の痕跡（粒子そのものではない）を見つけたらしく、「世紀の大発見」だと大騒ぎをしている（大騒ぎをしているのは一部の科学者達や、マスコミ関係者かもしれないが）。これで宇宙の何パーセントがわかったことになるのか。問題はこれからなのだ。やっとわかった「痕跡」から、今度は粒子そのものの存在を知り、さらに粒子間の関係や、相互の力関係、それらが作り出す「何か」、その「何か」が集まって出来る世界、その世界の働きと目的、など、など、「暗黒」世界が解き明かされるまでのことを考えると、ほとんど絶望的と言える。おそらく、これも神の領域であり、神様だけが知ることであろう。私は人間の知的努力をあざ笑うつもりはなく、未知のものを知ろうとする欲望は、神話に語られているように、生まれながらにして人間の内に埋め込まれた抜き差しならぬ願望だと思うが、人間はもっと謙虚になり、自分たちの知識欲がいつか全宇宙を制覇する（明らかにする）というような思い上がった考え方を捨てて、まず、この宇宙の無限とも言える広大さと、それに引き替え、海に面した浜の砂粒よりも小さい我々地球の存在とを絶えず意識しつつ、いままで少しなりとも明らかにすることの出来た事実については、それを造り出した（何者であれ）創造者に感謝しながら、それをわれわれ人間が幸せになるために使わしていただくという気持を決して忘れないようにしたいと思う。なんとなく説教じみた話になったが、宇宙の大きさに対して、人間一人一人の小ささを認識するところから来る謙虚さは、知識獲得の大前提としてあるべきだということは、私のささやかな経験からのみならず、人類の智恵の結集である幾つかの神話にも裏付けられていることである。

最後に、五行易に戻って、エピソードを一つ付け加え、この章を終えたいと思う。先ほど、占いは背後霊が行っているということをお話ししたが、その背後霊にお会いしたという話である。

八、死期を教えてくれた占いの神

霊界通信は諦めざるを得なかったが、私は、地上の生活の中で霊界の存在に気付いたり、日常起こる出来事が実は霊的な事象だというようなことを書いて、世間に知らせるのはどうかと考えるようになった。天上界の話ではなく、地上の話である。それなら背後霊に叱られるということもないはずだ。今書いているこのエッセイもそうだが、エッセイは事実に沿って書かなければならず、そこに出てくる人々にとっては、たとえ偽名であっても、迷惑を掛けることがある。私のこのエッセイ集でも、必要だと思われる人たちにはすべて原稿を見てもらって、了解を得てある。そういう手続き上の面倒くささは別として、私は小説家を名乗っているので、本業であるべき小説の主題として取り上げようかと考えた。

実は、これも以前に何回か試みたことがあるのである。そうして、ことごとく失敗した。理由は、読者が信じていないことを作者が納得させようということが、むずかしいということである。私は、どちらかというと、私小説家のタイプなので、私に近い人間が主人公になることが多いが、その人物が話したり、行ったりすることが、作者を代弁したり、人物の弁護になったりすると、読者はしらける。これは私小説家のいちばん陥りやすい落とし穴だが、霊的な問題のような非日常的でうさんくさく思われている事柄の場合は、作者が本気になって読者を説得しようとすればするほど、うさんくさくなり、読者はそっぽを向く。

それが、私がこの種の小説から遠ざかっていた理由だが、なんとかならないかと考えるようになった。今は以前とは違う。以前は霊界に対してまだ懐疑的だった。霊界はあるのではないかと思っていたが、それを認めるだけの勇気がなかった。できれば蓋をしておきたいという気持がどこかにあった。今は、生活の指針となるほど、日常的に五行易のおかげを蒙っていて、霊界の存在を前提としないかぎり、安心して「おかげを蒙る」ことは出来ないのである。

問題は小説の書き方である。書き方さえわかれば、書けるかもしれない。或いは書けないかもしれないが、それはやってみなければわからない。だが、小説を書く者として、書き方がわからないから書かない、と言うことは専門家として失格である。難問に挑戦してこそ、専門家と言える。やってみろ、と私は自分に言った。

そこで私は卦を立ててみた。

「これから、見えない世界との関係をテーマとした作品を集中的に書いてゆくのがよいか」

占った日は、平成二十四年十一月一日（壬辰年庚戌月丙寅日）空亡（戌・亥）、本卦「山水蒙」→之卦「山火賁」（六合卦）

亥　丑　卯

寅　子　戌　午　辰　寅
○　●　●世　●　○　●応
母　鬼　孫　弟　孫　母
　　　　財酉

細かい説明は抜きにして、要点だけを言う。用神（「書くこと」、「出版物」など）の「母・応・寅」（初爻）は、月との関係は「囚」だが、日と同じ「寅」で、これは、前にも言ったが、「日晨を負う」といってたいへん吉祥とされる。しかも化出して（偶数が三つ出たので陰から陽へ変わり）、「卯」を出している。「寅」も「卯」も木行で、「卯」は干支では「寅」の先にあることから、これを「進神」と言い、物事が進んだり、発展したりすることを示す。つまり、書く「作品」はよいもので、また書けば書くほどよくなる、ということだ。しかも十二運（十二の運の巡り）は、最高の「帝旺」だ。書くことに関しては、申し分のない運勢だと言える。

ところが、下から二番目と四番目の爻に「孫」（子孫）があり、四番目のには「世」（世爻）が付いている。自分のことである。この二つの「孫」には「辰」と「戌」が付いていて、両方とも土行である。そうすると、「木剋土」と、用神の「寅」に剋される（害を受ける）。四爻の「戌」は現在は「空亡」なので、害は受けないが、二爻の「孫・辰」はもろに受ける。しかも注目すべきは、「孫・辰」が「丑」を化出していることで、「辰」も「丑」も同じ土行であり、先ほどの「寅」から「卯」へと同じように、同じ行の中での変化となるが、今度は逆に十二支を遡ることになり、これを「退神」と言って、運勢が次第に衰えることを示す。

これはどういうことかと言うと、書くこと（「母」）は自分（「世」）に影響し、健康（「孫」）を害し、だんだんと衰えてゆく（「退神」）ということだ。いいものを書こうと一生懸命になればなるほど、健康を害するということである。

そこで私は考えた。どうせ死ぬのなら、いいものを書いて死のうじゃないか。健康に気をつけて長生きしようとしたって、せいぜい後十年ほどの命だろう。それを（書くことによって）数年縮めたってたいした違いはない。毎日体操をしたり、散歩したりして、小心翼々として生きるより、思う存分書きまくって死ぬほうがよっぽど気持がいい。ここまで生きたのだから、いつ死んだっていいではないか。

その時、ふと、この卦にはいつまで生きるとは出ていないだろうか、と思った。見てみると、健康を示す「子孫爻」の干支が「辰」である。「辰」は今年の干支だ。それが「丑」に退神している（だんだんと衰えてゆく）。なるほどと思った。「辰」年から「丑」年にかけて健康が衰えて行き、「丑」年が最後の年ということか。「退神」というのは十二支を逆に辿ることだが、年齢ではそれはあり得ないことなので、これは十二支を普通に辿っていって最後に「丑」に辿り着くということなのだろうと考えた。さっそく、先生の山本さんにメールで訊いてみると、寿命占ではそうやって寿命を知らせることもあるとのこと。そうすると辰年から丑年まで数えて九年、今年は平成二十四（二〇一二）年だから平成三十三（二〇二一）年までの寿命ということになる。

悪くない、と思った。数年だと思ったら、九年もある。最後は九十一歳である。それだけ生きて、しかも仕事が出来れば言うことはない。ありがとうございます、と私は思わず両手を合わせた。ついでだから九十一歳の年のいつ頃死ぬのかも考えてみた。これも干支の強弱で調べると、私の生まれたのは午年であり、午年は火行なので水に弱い。干支のなかで水の行を持つ月は亥月と子月、十一月と十二月である。そうすると多分、十一月から十二月にかけての間に死ぬのだろう、と思った。

私はいささか興奮した。死期がわかるというのは、奇妙なものである。やっぱり死ぬのかという、崖の上に立ったような気持と、これでいいのだ、もう何も心配することはないという、大地にひっくり返って空を眺めるような気持、それらが入り交じって気を逸《はや》らせるのだが、日を追うにつれて一種の覚悟が出来てくる。これからはもう余計なことは何もするまい、必要最低限で暮らしてゆこうという、開き直った気持になってゆく（とは言っても、日常繰り返される些細な喜怒哀楽の情は如何ともしがたいが）。

話が少し先走ったが、死期を発見してまだ興奮から覚めやらぬ翌日か翌々日の明け方に、私は夢を見た。明るい青空の高みのようなところで、私は一人の人物に出会った。作務衣のような和服姿の、丸刈りの頭にがっしりした体つきの中年の男性で、竹箒を持たせたら庭掃除でもしている納所坊主とでも言えるような、かなり精悍な感じの男だった。竹箒ではなく、棒のような、筆記具のようなものを片手に握って、黒板か、モニター画面か、何かのボードのようなものの前に立って、私を待ち構えていたという様子だった。夢の中の私は、ごく自然に、

「今度、九十一まで生きるということを教えていただきまして、……」

と言いかけると、その男は、元気な野太い声で早口に、

「いや、九十二だ」

と言った。

そう言ったとたんに、男も、青空も、ボードも、筆も、すべてがあっという間に消えてしまった。

眼が覚めても、この夢は、男の声と共に、鮮やかに蘇った。

私はこの男が、私の背後で占いをしてくれている人物だと思った。私が、没年が九十一歳だとはしゃいでいるのを見て、訂正してやらなければ、と思って出てきたのだろう。ほかのことはともかく、没年は霊界にとっても重要な事項のはずだ。それまで向こうの人間界にいた魂が、霊界に引っ越してくるのだから。中将霊のお話では、まだ私の前には「出とうない」と言っていた占いの霊だが、そんなことも言っていられなくなって、姿を見せたに違いない。

これは私の内面の欲望の形象化に過ぎない、と心理学者は言うかもしれない。心の中で「こうあれかし」と思っていたことが、夢の中で形をとっただけのことだと。

心霊研究などで昔からよく言われていることは、夢にはそういう欲望や恐怖感、または他の感情の形象化である心理的な夢と、そうでない「正夢」、すなわち、人間の霊魂が寝ている間にさまよい出て見る「霊夢」の二つがあるという。「心理的な夢」の方は、眼が覚めると印象が薄れたり、忘れたりすることが多いが、「霊夢」の方は、眼が覚めてもはっきり覚えている。色彩も鮮明である。私は時々こういうタイプの夢を見るが、もう一つの「雑夢」と呼ばれる「心理的な夢」に比べると、その差は非常にはっきりしている。

私がこの「天上の占い師」の夢を本物だと思う理由はほかにもある。それはこの夢には私が予期していなかったことが二つ含まれていたからである。一つは、当然のことだが、私が死ぬ年を九十一歳と思っていたことに対して、「天上の占い師」が九十二歳だと訂正してくれたことである。私は卦の中の「丑」を見て丑年を没年としたのであるから、まさかその一年先だとは思っていなかった。おそらく五行易のルールでは「辰」から「丑」への退神の最後の丑年は、没年ではなくて生存する最後の年なのだろう。このことについては私も自信はないが、そう解釈すれば辻褄が合う。

もう一つ意外だったことは、「天上の占い師」が白髯《はくぜん》の老人ではなかったことだ。筮竹を立てて易を占う人と言えば、白く長いあごひげを生やした老人の姿が頭に浮かぶ。ステレオタイプには違いないが、私自身なんとなくそんな気がしていたのである。しかも百年以上も前の人だから、あごひげを生やした老人のイメージがふさわしいような気がしていたのだ。

ところが、先ほども言ったように、出て来たのは人生真っ盛りといった感じの、職人風な野性味のある人物だった。考えてみれば、生涯を易に捧げるような人物は、若いときから易を学び、他の職業と同じように、中年にはもっとも活動的になるのだろうし、もし老年になってから亡くなったとしても、霊界ではもっとも脂ののった時期の姿を取るに違いない。私の中のステレオタイプの像が打ち壊されたと同時に、真実味のある人物として、私は彼に親しみを感じたのであった。

五行易についての話は、今のところこのぐらいである。この章の始めに副題として掲げた「眼に見えぬものとの繋がり」ということは理解していただけただろうか。

「眼に見えぬものとの繋がり」は五行易を通してやっと始まったばかりであり、試行錯誤の状態が続いている。繋がったからこれでいい、というものではない。私の未熟さから戸惑うことも多い。その戸惑いについて、今は未だ十分に語れる状態ではないが、とりあえず、章を改めて、今後の見通しなどを含めて、簡単に触れ、いままで長々と続いた、見えない世界との触れ合いを求める私の話を終わりにしたいと思う。

第八話　結びに――運命と天命

私もいよいよ人生の最後の節目に来たようである。

「まだ節目があるのか」

と言う人もいるかもしれない。八十三歳にもなって、もう年貢の納め時だろうに、まだ「節目」だなどと言っているのは、暢気すぎるのか、図々しいのか。

申し訳ない。ただし、これも私が勝手に言っているのではなく、易（五行易、以下「易」と略称）が教えてくれたものなのである。最近私が占うと、自分を表す「世爻」を用神（占いの的）とする場合などに、「丑、辰、未、戌」の土行の干支のどれかが付くことが多い。土行は「木、火、金、水」と一巡する干支の合間、合間（節目）に来る。これを見つけたのは私自身ではなく、私の占いの師匠の山本さんである。ある日、メールの中でこう書いて寄越した。

「三つの占断（私がメールで送った三つの卦の判断）を見ますと用神や原神、忌神などに、土の支（丑辰未戌）が多くでています。

このように土の支が多く出ると、例えば、人生問題を占う場合は、人生の転換期や節目を表します。結婚占ですと結婚によって、いままでとは違った人生が待っている、いままでの生活方式を改めて出直しの生活を迫られる、というような判断になると考えます。

つまり良くも悪くも人生や生活態度に何らかの変化が現れると見ます。

……

これを機に、本来の執筆活動に専念されることになるのではないでしょうか」

私の生活は三年前に熱海に来てから大きく変わった（熱海への転居については第七話に書いた）。ケア付きの集合住居に入ったことによって、高齢者の男女、とくに男性の倍も多くいる女性との付き合いが増え、しかも管理組合の仕事を頼まれたために、さまざまな軋轢の中に身を投ずることになったのである。人生の最後を送る高齢者（八十三歳の私が「まだ、若い」と言われるのだから、推して知るべし）の集団には、普通の社会の常識が通用しない、箍《たが》の外れかけた世界の異常さがあることを、私は身に染みて体験することになった。

熱海に住んでいると言えば、読者は、私が毎晩温泉に入り、据え膳で出されるおいしい物など食べて、暢気に暮らしているのだろうと想像されるかもしれないが、なかなかそうはいかない。むしろ、長い人生の最後に残った我や執念のすさまじさに直面して、たじろぐことが多い。小説を書く者としては、思いがけない勉強をさせてもらっているわけだが、現実には、そんなきれい事など言って、暢気に構えてなどいられないのである。

それが、卦に出ているのだ。「節目」だと言われる。

もっとも、こういう状態が長く続くわけではないので、これが転換点となって、新しい人生の局面に入って行くのだろう。

山本さんは、「本来の執筆活動に専念されるのではないでしょうか」と言われたが、私もそう思う。思いたい。

ただし、今回は、以前とは少々違う。もちろん以前にも「執筆活動に専念」することは何回かあった。その「執筆活動」はだいたいにおいて、それまでの続きで、ここで止めるわけにはいかないという世間体もあり、「執筆」の内容から言えば、大なり小なりそれまで書いたものの踏襲であり、なんとかしなければと思いながら、暗中模索しているといったところだった。

今回は、それらの迷いの雲が一掃されて青空の下を大手を振って歩いて行く、と言えればいいが、せいぜい、崖っぷちに立って、行く手に重なる峻嶮な山々を眺め、どうやってあそこまで行こうか考えている、というところだろう。この歳になって、まだ書かなければならないという世間体も無いし、いままで書いてきたものが、いい加減だとは言わないが、明らかに力不足で、物足りない。日ごろ起こっていることを、ちょっと見方を変えて書いていたに過ぎないと思う。

これからどうしたらよいいか。

これについては前章の「五行易と私」の後ろの方で述べたが、日常生活の中で、目に見えない世界が影を落としていると思えることがらを書くことが出来たらと思う。「目に見えない世界」というものが、実は、目に見える世界に大きな影響を与えている――実を言うと、目に見えない世界が基本となって、目に見える世界が動いている――ということを、私は最近強く感じるようになったからである。これについて思い出すのが、前にも言った最近の天文学の発見で、「われわれの知っている宇宙は、宇宙全体の四パーセントに過ぎず、実に九十六パーセントという膨大な領域はまったくわかっていない」ということだ。九十六パーセントが正確な数字かどうかはわからないまでも、これだけの圧倒的な大きさの未知の世界が、ほんのゴミの一粒ほどのわれわれの世界に影響を与えずにいることが出来るだろうか。本当は、存在の大きさや、それの持つ意味の重さから言うと、われわれの世界と、見えない、未知の世界とが逆転してもいいのではないか。ちょうど、地動説と天動説が、中世の天文学をひっくり返したように。

まあ、これはこれからの課題である。先走ってあれこれ言うのは止めよう。

私はここで、私を、この未知の世界に結びつけてくれるようになった五行易について、感謝の気持を述べると共に、今後の問題点に触れておきたい。

まず、とにかくありがたい。

普通ではわからないことを、教えてもらえることはありがたいが、それ以上にありがたいのは、心強い、ということである。困難な状況に置かれても、めげることなく、自分のやることに全幅の信頼を置いて、進んで行くことが出来る。たとえ周囲の状況が自分に不利であり、非難の声が挙がっても、それに耐えることが出来るのだ。少しオーバーに言えば、「四面楚歌」の中でも、笑って、「千万人と雖《いえど》もわれ征《ゆ》かん」の気概を持てるのである。「神様が味方をしてくれている」という気持が支えてくれるのだ。味方が一人でもいれば心強いのに、それが神様なのだから、まさに「百万人の味方」を得たようなものである。

私が最近厄介ごとに遭遇しながらも、なんとかやってゆけるのはそのおかげである。そうでなければ気分が滅入り、お先真っ暗になって、やる気を失ってしまうだろう。卦によって、闇の中に足場を見つけ、一歩踏み出す。後は神様のご加護を信じて、前に進むだけだ。

と、いかにも明白に、簡単そうに言ってしまったが、実は、これが、なかなかたいへんなのである。

なぜたいへんなのか。

まず第一に、自分の出した卦と、それに対する自分の判断（占断）が正しいことを信じなければならない。

私は、前にも言ったように、卦は霊界からの暗号文だと信じているが、仮にその暗号文に誤りがあったとしても、地上のわれわれにはわからない。しかし、二、三度、予測した事態と違ったことが起こったので、神棚に向かって、文句を言ったことがある。後で先生の山本さんに訊いたりして調べたところ、私の方が間違っていたことがわかって、深くお詫びした。今では、出た卦に疑問がある場合は、とことん自分の占断を疑うことにしている。

余談だが、私は、占いの神様を、雲の上の尊い方というより、親しくしていただいている先生か先輩のように思えて、勝手なことをお願いしたり、ときには苦情を言ったりもする。これは例のコリン・フライの降霊会に出て、親しくなったフェリックスやマグナスなどの影響があるのかもしれない。また、盛岡の小原さんの降霊会でお会いする中将霊の穏やかで親しみ深い人柄にもよるのだろう。さらに最近では、夢の中で私の寿命を教えてくれた、イガ栗頭のエネルギッシュな作務衣姿の男の顔が、神棚に手を合わせると浮かんできたりするのである。神様の方も、遠慮無く、「お前の実力では無理だ」とか、「ムダなことを訊くな」という信号を送ってくる。だからだんだんと、占うことが、私にとっては物知りの先輩と会話をするような感じになってきているのである。

話を元に戻そう。

占いの結果をそのまま実行することの難しさについてだが、もっともたいへんなことは、主として人間関係の複雑さから、周囲の状況に合わない場合があるということだ。どんなにすばらしい卦が出ても、実行出来ない場合がある。

例を挙げると、私の昔の作品で最近再版された『長男の出家』を映画化しようという話があった。今から二十五年前にも、この作品が芥川賞をもらった時に、そういう話が二、三、出たことがあったのだが、いろいろな事情から実現出来なかった。その時に映画化しようと言ったプロデューサーの一人が、忘れずにいて、再版されたのを機会に、また話をもって来てくれたのである。私も、あれから二十五年も経っているし、当時障害となった問題はすべてクリアされたと思い、その話を受けるつもりになったのだが、念のために占ってみることにした。結果は、用神と原神を繋ぐ「三合会局」という大吉の卦で、お金も入るということだったが、一つ気になったのは、本卦が「震為雷《しんいらい》」という六冲卦だったことだ。六冲卦というのは、基本的には離れるという象意があるので、自分（世爻）と相手（応爻）が離れるということならよくないと思ったが、この卦を見てもらった山本先生は、私の作品『長男の出家』が、私の手から離れて行く、つまり、映画として世に出て行くということではないか、ただし、三浦さんの方から断れば話は別だがと、好意的に解釈してくれた。私もまさか自分の方から断ることはないと思ったから、彼の説を聞いて、大いに安堵した。

ところが、実際には、私の方から断ることになった。家内がまず大反対をしたのである。家内だけならなんとか説得出来たかもしれないが、家内が子供たちに電話して、全員が反対に廻った。この小説は長男が主人公の家族小説なので、長男をはじめ家族全員が反対では、とても映画化は出来ない。「出来上がれば、きっとすべてうまく行く。みんなも納得するよ」と、私は卦の「三合会局」を信じて説得しようとしたが、かつて、小説を読んだ友達からからかわれたことのある長男は、子供たち（私の孫たち）がそんな目にあったら可哀想だといって、反対の意志を変えなかった。「孫たちも」と言われれば、私も引っ込まざるを得ない。

こういう具合に、人間関係が卦を圧倒することがある。それに負けないだけの意志と信念の強さがあれば別だが、果たしてそうした場合、意志を通した方が幸せになるかどうかは疑問だ。映画化が大成功しても、家族が不満を募らせたらどうなるか。いずれは、自分たちにもいいことだったということが判って、仲直り出来るのか。それを信じて待つだけの余裕と忍耐強さがあるか。私の場合はどうしても人間的な弱みに負けてしまう。

卦に容赦はない。いいことはいい。だめなことはだめだ。人間関係を考慮して、こうやればいいが、周りの人に嫌われるから少し手加減したらどうか、などとは出ないのだ。

前章の中で、私の守護霊の中将霊が、運命と天命とがあることを語り、史上有名な人物でも、天命は避けられず、悲運に終わった例がある。運命は変えることが出来るが、天命は変えられない。易が当たる、当たらないということも、そういうところから来ている。心して、易を使うように、ということを言われた。私は、日本では伊藤博文、外国ではジュリアス・シーザーを思い出したが、この二人は天命に仆れた人たちである。伊藤の場合は、高島嘉右衛門という占いの達人から、満州に行くのは止めるように言われたが、敢えて出かけて行って、ハルビン駅で銃弾に仆れた。嘉右衛門が伊藤に告げた卦は「艮為山《ごんいざん》」の第三爻で、これには「背骨を割く」という意味があり、易学を学んだことのある伊藤はそれを知っていたという。しかも伊藤は、長年にわたって嘉右衛門と親交があり、易占上の相談もしていた。満州に行かない方がいいと言われた時には、その言葉の重さは十分わかっていたはずである。にも拘わらず、日本に留まることが出来なかったのは、これぞ天命と言うか、政治の組織の中でがんじがらめになった不自由さからくるものであったろうか。もし伊藤が仮病でも使って、「おれは行かない」とでも言えば、あの悲劇には至らなくて済んだだろうか。おそらく、維新の動乱をくぐり抜けてきた彼は、国家の大義なるものの前では、自分の一身などは無視する覚悟があっただろうから、誰かが病気の診断書を作って来て、旅行中止のお膳立てをしたとしても、無視して出かけたに違いない。それが天命というものだろう。

ジュリアス・シーザーの場合は、あまりに古い話なので真相はわからないが、元老院に行く前に、不穏な動きを知らせる手紙をもらったものの、読まなかったという話は、フィクションではないかという気もする。仮に本当だった場合、もし読んだとしたら、行かなかっただろうか。そうだとすれば、悲劇を回避出来たかどうかは、投書を読むか、読まないかの偶然に係わっていたことになり、伊藤博文のように、危険がわかっていても出かけた、ということとは事情が違う。つまり、自分の運命を変える機会が与えられていたにもかかわらず、変えずにそれを天命とした伊藤の場合と、変える機会も見逃してしまい、初めから天命としてあった運命に殉じたシーザーの場合との違いである。結果としては同じことになるが、天命というものを考える時に違ってくる。ひょっとすると、シーザーもまた、投書を読み、自分の身に危険が迫っていることを知ったとしても、立場上、また軍人としてのプライドからも、元老院に行かざるを得なかったかもしれない。

人間社会の複雑さ、個人の性格、が干渉し合って最終的に天命を形作る。卦に現れる運命を

も変えて行く力を持っている。従って、人生の行路を卦のみに頼ることは危険だと言わなければならない。高島嘉右衛門の言葉に、

「ことごとく易を信ずれば易なきにしかず」

というのがあるが、易のみではなく、占いをする者の厳に心すべきことだろう。

そのほか、卦に現れた内容を実践するに当たって、気をつけなければならないことが、私の考えでは、まだ二つほどある。簡単に述べよう。

一つは、占う状況が複雑な場合、一つの卦だけでは全体を把握しきれないということ。その卦にのみ頼ると、偏った方向に赴き、危険が生じることがある。たとえば利害対立する複数の人間が係わる場合、卦の示す通り行えば、誰かに良くて、誰かに悪いという事態になりかねない。といって、状況そのものが分明でなく、誰が誰とどうなっているかわからない場合もあるので、卦を分けて立てる「分占」も、難しい場合がある。卦の示す状況を過信しないことである。

最後の一つは、五行易を含めた易の根本に関わる問題で、私のような初心者が言う資格があるのかどうか、ひょっとすると、とんだ大たわけの妄言である可能性もあるが、かすかに心に浮かんで消えない疑いの雲なので、敢えて記しておく。

それは、この易という占いは、易経を発信地とする中国生まれの思想に基づくものではないかということだ。「易」という名前が付いているから当然のことのように思うが、実際には

「占い」ということに気をとられて、今後起こり得る出来事を知るための手段としてしか考えない。易経の言葉や、陰陽、干支、五行、十干などの中国古来の符号は、占いのプロセスを助けるための道具、としてしか使っていないのが普通である。しかし、よく考えてみれば、これらの道具はすべて中国産であり、その教典は中国の古典である。その土壌となっているのは、中国古来の思想ではないのか。

五行易は、そういう意味では、「六親」を使って天地の万物に配慮し、干支と五行、十干によって日常卑近な物事を取り入れ、生活に近い領域をカバーしている。だが、失せものが出てくるか、とか、病気が治るか、というような即物的、肉体的な問題ならいいが、「この本は読むに値するか」とか、「この人物は信頼出来るか」、「この女は結婚の相手にふさわしいか」などの倫理的判断を下す場合には、その価値判断の基本となるものは何だろうか。まさか古代中国思想ではないだろう。おそらく、霊界の基準だろうが、それと、この占いの基本となった古代中国思想とはどういう関係にあるのだろうか。

前にも言ったように、私は、かつて地上で易占を行った人々が、霊界でその技をさらに磨き、地上で易占いを始めた人間がいると、その人間に縁のある天上の占い師の一人が、傍に来て指導すると考えている。もちろんその天上の占い師は、地上の人間を指導する資格を得るまで、何十年、何百年も修行して、天上での生き方、考え方に通じている方々ではあろうが、そうすると今は、彼らが地上にいた時に持っていた易経の思想をすべて洗い流して、陰陽、干支、五行、十干を単なる記号として使っているだけなのだろうか。

例えば女性についてだが、易経では、家に居て家事を行い、子供を育て、夫に仕えるのが、立派な女性だということになっている。また、男性の理想は「君子《くんし》」であり、学問を修め、人格を磨き、人との和を大事にし、さらに天下国家を治めるだけの器量を持つことが望まれる。これらは確かに優れた徳性には違いないが、現在われわれが住む民主的な社会の多様な人間観を満足させるとは言い難い。もちろん天上の価値観はこんなものではないだろうが、占い師たちはどういう考えをもってわれわれに臨んでいるのだろう。占い師それぞれによっても、またその修行の年月、深浅によっても違うだろうが。

とはいえ、いままでに中国風だと感じた占断は無かったし、現代風俗を占うのに不都合だと思ったこともない。しかし、霊界から出されている中国風な象徴を、こちらが現代風に解釈しているのかもしれないし、私のまだ四年ほどの浅い経験からは、はっきりしたことは言えないのが実情である。今後の経験の蓄積がなんらかの答えをもたらすだろうが、おそらく、いままで同様、霊界の配慮の深さと広さ、情勢判断の的確さに、自分自身の浅智恵の至らなさを痛感することになるかも知れない。そうなって欲しいと心から願っている。

＊　＊　＊

どうやら私の人生も、最後の節目、「天命」の道を歩み始めたようである。歴史上の人物とは違って、隣近所の人とたいして違わない、ごく平凡な「天命」だろうが、のっぴきならないという意味では、同じことだ。とは言え、まだそう簡単に年貢を納めるわけにはいかず、行く手には大小さまざまな「運命」が待ち構えているだろう。おそらく、私が出す卦ほどの数があるかもしれない。卦のおかげでうまく行く場合もあるだろうし、思い違いや判断ミスをして、とんだ迷路に迷い込むこともあるだろう。易占はすばらしい状況判断の仕事をしてくれるが、最後は人間相手の仕事になる。このことを肝に銘じて、わたしはこの我流「天人感応」の道を歩んで行くつもりである。

あとがき

　この本を書き上げるのにほぼ五年の歳月がかかっている。だいたい私は一冊の本をまとめるのが遅い方だが、今度長引いたのは、文章の中に実名で出てくる現存の方々に、書いたものをお見せして了解を得るための時間がかかったことが大きな原因である。私との関係で、かなり個人的な話も出てくるが、皆さん、快く承諾していただき、安心して本を出すことができる。改めて関係者の方々に心からのお礼を申し上げたい。

　第七話「五行易と私」の冒頭で、「縁」というものの不思議さについて、「二十歳で日本を離れて以来、私はただ縁によってのみ生かされてきたように思えてならない」と書いたが、この本の出版にもまた縁が大きな役割を果たした。旧知の高橋和夫さんが未來社の社長を知っていて、ぜひここで、と紹介してくださったのである。高橋さんは文化学園大学名誉教授、哲学者で、第一級のスウェーデンボルグ研究家である。私が四十代の終わりの頃にスウェーデンボルグについて書いた原稿を、ある雑誌に出してくださったのがご縁の始まりであった。私はそのことを忘れていたのだが、それから三十年ぐらい経った数年前に、人体研究会という学術団体の会合でお会いした時に、その話が出た。二人ともその会の会員になっていたので、奇遇ですね、と話が弾んだ。今度また原稿のことでお世話になったので、縁というものの根深さを感じている。

高橋さんは、未來社を先代の社長の時から知っていて、親子二代にわたって文学、社会学系の良心的な本を出してきた出版社であることを何度も私に言い、その熱心な話しぶりから、硬骨で世俗に流れない一匹狼的な姿が私の脳裏に浮かんだ。私にも「一匹狼」的なところがあり（私の場合は単に人付き合いが下手だということだろうが）、なんとなく親しみが湧いてきた。

異常気象による夏の暑い盛りの作業だったが、担当の天野みかさんは実に辛抱強く、熱心に、私の漢字の使い過ぎや送り仮名の誤りを直してくださった。こちらのわがままを通すことも何度かあり、感謝と共にお詫びを申し上げる。

私にとっては初めて自分の精神的成長を意識し、一貫した意図を持って書いたエッセイ集である。その意図と内容とが世間に理解され、できれば、評価されるところまで行きたいが、少なくとも、この本の出版が、ここに出てくる人物たち、また、出版に関係した方々に、少しでも報いることがあることを願って止まない。

平成二十六（二〇一四）年八月二十六日

三浦清宏

三浦清宏（みうらきよひろ）
一九三〇年生まれ。小説家、心霊研究者。元明治大学理工学部教授。アメリカ・サンノゼ州立大学卒業後、アイオワ大学ポエトリー・ワークショップ修了。一九八八年「長男の出家」で第九十八回芥川賞受賞。二〇〇六年「海洞」で第二十四回日本文芸大賞受賞。二〇〇九年『近代スピリチュアリズムの歴史』で第三回湯浅泰雄賞受賞。
著書：『イギリスの霧の中へ――心霊体験紀行』（南雲堂）、『長男の出家』（福武書店、新版は芸文社）、『カリフォルニアの歌』（福武書店）、『摩天楼のインディアン』（同）、『海洞――アフンルパロの物語』（文藝春秋）、『近代スピリチュアリズムの歴史――心霊研究から超心理学へ』（講談社）ほか。

見えない世界と繋がる
——我が天人感応

2014年10月15日　初版第一刷発行

定価———本体2000円＋税
著者———三浦清宏
発行者——西谷能英
発行所——株式会社 未來社
〒112-0002 東京都文京区小石川3-7-2
振替00170-3-87385
電話03-3814-5521
http://www.miraisha.co.jp/
e-mail:info@miraisha.co.jp

印刷・製本——萩原印刷
ISBN978-4-624-10047-6　C0014